读者 Duzhe Jinghua Wenzhai 精华文摘

每一种成长都曾与寒冷为邻

陈晓辉　一路开花◎主编

煤炭工业出版社
·北京·

图书在版编目（CIP）数据

每一种成长都曾与寒冷为邻 / 陈晓辉，一路开花主编. --北京：煤炭工业出版社，2015（2023.1 重印）

（读者精华文摘）

ISBN 978-7-5020-4955-3

Ⅰ.①每… Ⅱ.①陈… ②一… Ⅲ.①散文集—中国—当代 Ⅳ.①I267

中国版本图书馆 CIP 数据核字（2015）第 206839 号

每一种成长都曾与寒冷为邻

主　　编　陈晓辉　一路开花
责任编辑　马明仁
责任校对　郭浩亮
封面设计　宋双成

出版发行　煤炭工业出版社（北京市朝阳区芍药居 35 号　100029）
电　　话　010-84657898（总编室）
　　　　　　010-64018321（发行部）　010-84657880（读者服务部）
电子信箱　cciph612@126.com
网　　址　www.cciph.com.cn
印　　刷　北京飞达印刷有限责任公司
经　　销　全国新华书店

开　　本　710mm×1000mm $^{1}/_{16}$　**印张**　14　**字数**　180 千字
版　　次　2015 年 10 月第 1 版　2023 年 1 月第 7 次印刷
社内编号　7801　　**定价**　46.00 元

把生活过成最美的诗句

雪炘

他是为数不多，没被我的直接尖锐吓跑，而每次都表现得很绅士的男生。

他家离我住的地方不远，当我将他挑剔到无力反击的时候，他说见面吧。既然那么有缘，我也闲来无事，见面谈谈无妨。

他说他想了好几天，见到我要聊什么，可见面还是显得很沉默。

我说，你平时生活中就这么不爱说话吗？

他说，大抵如此吧。

我心想，这样才好，因为他说话直接到让你吐血。比如，他见到我第一句话是，你的身体状况比我想象中严重很多。

我点点头，微笑，因为感觉没法接。

他又杀出第二句，说，你能说话吗？

我脑子里“嗡嗡”作响，气流从鼻孔涌出，却只能继续微笑。

他马上接着问，你笑什么？

我笑着摇摇头，说，我们还是走走吧。

夏天清晨的校园有轻凉的风，我却感觉太阳照在肌肤上，有一种灼烈的想逃脱的感觉。走到阴凉处，他很仔细地擦擦石椅，和我并排坐下来。这次好像好了一些，我们开始聊新闻和电影。可没过多久，我又没法去接他那独特的言辞，我们继续漫步。

再遇阴凉处，他又掏出纸巾，仔细擦着凳子，然后走向垃圾桶。我们坐在树下，开始聊生活和感情，这次感觉好了很多。微风拂过草地，树上的虫子不断落在我身上，他一个一个捉走。

我问，为什么虫子不落在你身上？

他说，因为你是香的，我是臭的，它也懂得吃香的喝辣的。

我瞬间要跪着感谢上苍，原来也给了他幽默细胞。

后来相处久了才发现，他说话总是那么不紧不慢、面无表情，但每句话都能让你笑到半死。他对人的关照，自然中透着细致，细致到会默默抚平你发间的疲惫。

他会把你爸、你妈，改说成叔叔、阿姨。每次出门，他都会把沿途的垃圾收集在一个袋子里，然后找垃圾箱放进去。如果道路狭窄，他就将我拉到旁边，让别人先过。如果是晚上，他会提醒我，说话小声点，别打扰别人休息……

我从他身上清晰感受到一个词——教养。

有个朋友说，教养不是道德规范，也不是小学生行为准则，其实也并不跟文化程度、社会发展、经济水平挂钩，它更是一种体谅，体谅别人的不容易，体谅别人的处境和习惯。

同样，教养是能够从内心深处，理解和接纳别人不常规的地方。其实生命的相同之处就在于他们用各自的特点，表现出了完全不同的样子。

阅读是为了解释经历，而经历能够让一个人足以体悟他人。有了这种体悟，你才能在生活中，更好地与一切相处。你不会粗暴地赞美或者责难，因为你明白，所有事物背后都有一道逻辑链，只是我们常常忽略或看不到。

我们都是有教养的人吧，所以才没在不美好的相遇中，匆匆抽身而退。我叫他“澳大利亚”，因为他像一部百科全书，好像什么都知道；虽不扎堆，却富足优雅，仿佛拥有一个完整的世界。

我们常常聊电影，聊生活，聊工作，他的每句话永远那么搞笑，却能耐心听你说任何事情，然后不紧不慢发表言论。

他从开始，就教了我一个词，叫“无欲则刚”。起初我不太明白，后来我懂了：只有对外界毫无索求的人，才能在生活的每一场剧目中，优雅地缓缓出场和落幕。而我们都活得太急躁，什么事都在争取时间，不经意间就提高了语速和步伐，却不知道如何将自己拉回来。

一直被教导着，做一个有用的人，去干伟大的事情。可是，何为有用的人，何为伟大的事？有人为了达到自己的目的，不惜用各种技巧和方法，去损害别人的利益，甚至尊严。这种人就算腰缠万贯，成为世俗意义上的成功者，你能说他是个有用的人，做了伟大的事吗？

我们都是尘世里的平凡人，平凡到如同一颗沙子，一阵风吹过就消失不见。阅读不会让你变得伟大，更不会成就你的梦想，它只会让你在平凡里从容不迫，成为一个有教养的人。

在偌大的宇宙空间里，我们本身是没有任何意义的，我们只对彼此有意义。于本身生命而言，最幸福的不是你被多少人熟知和认可，而是你有情趣把细小的日子过到精致。

书里教给我们为人处世的技巧和方法，我们要了解和懂得，但不要让自己成为技巧和方法的载体。所有的方法和技巧，都是为了彼此更好地沟通和理解，而不是为了达到自己所谓的目的。如果你本身就是在演戏，那演技再好，也不过是戏。人与人之间重要的是坦诚，直接表达，好过一切粉饰过的委婉动听。

我们可以普通，但要像“澳大利亚”一样绅士优雅，把生活过成最美的诗句。

2015年5月13日

书于陕西杨凌

雪炘，先天性脑瘫患者。拒绝《感动中国》栏目组邀请，拒绝接受残疾补助。热爱生活，尊重平凡。文章常见于《青年文摘》《思维与智慧》《疯狂阅读》《做人与处世》《课堂内外》《知识窗》等杂志，并入选多部图书。获全国性文学奖数次。

目 录

第一辑 让慈悲的温暖驱散寒意

不知什么时候开始，我们那么怕去帮助一个人了，那么害怕去跟陌生的人有交际了，那么害怕惹祸上身了，真的特别想知道谁是第一个破坏美德的人，是谁把大家的爱心肆意玩弄，结果成了今天这个样子？

第二辑　再见了，记得温柔相待

时间易逝，人生中最不缺少的就是离别愁绪。离别是为了下一次相遇的开始。相守的时光才变得美丽。

第三辑　当爱抵达心深处

孩子的眼里，亲情是守护神一样值得信赖的，因为信赖便不能接受被抛弃。因为抛弃便不再轻易相信，唯有真情可以暖化一切冰封的心。

第四辑　水一样的声音

母爱是温暖的像水一样的声音。温柔，耐心，持久。

第五辑　爱到深处是封冻

爱情的方式有好多种，有的爱是甜蜜的，有些却是令人难以下咽。爱情在一定程度上，是一种捉摸不透的东西。

第六辑　手握的时光是最真的自己

生命中的每一个时刻,我们都要用心去品味,行到一个时段,就做一个时段的事情,不贪图,不索取,也不妄想。

第一辑　让慈悲的温暖驱散寒意

不知什么时候开始，我们那么怕去帮助一个人了，那么害怕去跟陌生的人有交际了，那么害怕惹祸上身了，真的特别想知道谁是第一个破坏美德的人，是谁把大家的爱心肆意玩弄，结果成了今天这个样子？

“莫言”之智

纳兰泽芸

谁有生活理想和实现它的计划，谁便善于沉默，谁没有这些，谁便只好夸夸其谈。

——埃尔温·斯特里马

2012年10月，莫言获诺贝尔文学奖。这项代表最高文学成就的殊荣，长期以来都是中国人心中的一桩憾事，纵然是鲁迅、老舍、巴金、沈从文、林语堂这些顶级文学大师都与之擦肩而过。

获得文学诺贝尔奖，该是何等之幸！然而，作为首位获得此项顶级殊荣的中国作家莫言，却在获奖之后淡定得令人意外——他只是谦虚地寥寥数句：“拿到奖感到惊讶，因为觉得自己资历非常浅，现在有很多优秀作家，我排得相对靠后。我觉得没什么可庆祝的，我是山东人，喜欢吃饺子，会与家人包顿饺子。”

莫言获奖之后，有关他的评论很多，好评有，恶评也不少，但莫言的反应却是寥寥数语，不卑不亢，正对应了他的笔名“莫言”——话说多了惹麻烦。

莫言原名管谟业，后来走上写作道路就改笔名为“莫言”。之所以以“莫言”为笔名，是他曾经屡次因自己的多言而给父母惹下麻烦，从此他告诫自己多做实事，少说虚话。

莫言的童年是与牛为伴的孤独童年，他的家乡山东高密东北乡处于三县交界的地方，穷困闭塞。莫言小学未读完即辍学，他每天要到村外的大洼地里放牛，那片一望无际的洼地里，野草野花繁茂。在广袤的草场上，小小的莫言只能与几头牛相伴。

他仰面躺在草地上，望着天上的白云悠悠流转，小鸟啁啾而过，没有人理他，没有人同他说话，寂寞的长日里，他的心里积郁着奔涌的情感，他只好自己跟自己说话，而且这样的自言自语往往出口成章，合辙押韵。

后来长大一些，在集体劳动时，他放牛时养成的喜欢说话的毛病常常让他一不小心就得罪人惹麻烦，母亲痛苦地劝告他："孩子，你能不能不说话？"后来他开始作家生涯，就改笔名为"莫言"，警示自己少说话，多做事。随着年龄的增长，他的话也越来越少。

他绝不主动去骂别人，对于别人把自己当箭靶子骂的时候也是不愠不恼，由着他去。他觉得这样很好，减少了许多无谓的纷争与口舌，让自己有更多时间和精力来投入创作之中。对于他的小说被改编为著名电影以及其他形式的作品，他的反应也轻描淡写。别人问他为何如此淡定，他说小说像是他的女儿，而电影就是女儿的女儿，是外孙女，他管不了那么宽了。剧本改得好与差，那是改编者的本事，与他已无关。

这不禁令人想起一个故事，一位禅师在路上遇到一个无赖，那无赖一路对禅师极尽谩骂之能事，禅师一路双目微闭，面对微笑，无赖骂至力气尽失，所骂的每句话如同打在软绵绵的棉花包上。他忍不住问禅师："我骂你你怎么还笑？"禅师这才慢悠悠地说：

"如果有人送你一份礼物，你拒绝收下，那么这个礼物最后还是归谁呢？"

"当然还是归送礼的人啊。"

"我拒绝收下你的礼物，你自己好好享用吧。"

真正的反击力量并不来自于目眦欲裂的剑拔弩张，而是来自于内心深处对自身精神的锤炼和对对手内心的反击。正如寒山与拾得二位高僧的对答：

寒山："世间有人谤我、欺我、辱我、笑我、轻我、贱我、恶我、骗我，如何处置乎？"

拾得："忍他、让他、避他、由他、耐他、敬他、不要理他，再过几年你且看他。"

“凡不可言说者，必保持沉默。”这是哲学家维特根斯坦的思想。这里的“凡不可言说者”，当指有悖人心，有悖良知的东西，所以，最好的方法是，选择沉默。

无独有偶，作家贾平凹也曾说一位高僧传授给他八个大字的成功秘诀，那就是：“心系一处，守口如瓶。”

贾平凹因为不会说普通话，一口浓重的陕西口音，外人很难懂，所以在很多人稠的场合，他基本都是静静地听，静静地点头、微笑，他曾经为此自卑过、丧气过，但自从听了高僧的点拨之后，他豁然开朗，出门能不讲话则不讲话，甚至他出门经常拎一个印有“聋哑学校”字样的提包，他感觉心境非常平和，非常自在。

他说，流言凭嘴，留言靠笔，他不会去流言，但是流言袭来时，他保持沉默，以静制动，无往不利。

鲁迅也曾经说过，于无声处听惊雷。

也许，适时的无声，是一种人生的大智慧。

《世说新语》说：“吉人之辞寡，躁人之辞多。”这种“辞寡”并不代表精神贫乏，而是一种临水而思的静观默察，是来自于内心深处的黄钟大吕，于无声处听惊雷。

沉默是种智慧，更是处世哲学。言多必失的道理谁都懂，可是管住自己嘴巴的人却少之又少。不如让我们适时的沉默，做一个有深度的人吧！

拒绝脸谱收购的年轻人

倪西赟

有信心的人，可以化渺小为伟大，化平庸为神奇。

——萧伯纳

他是90后，生活在一个优越的家庭，父母都是知名的律师。富裕的生活养成了他放荡不羁的性格。有时他会去做志愿者，有时却像纨绔子弟一样毫无节制地花钱，他的信用卡常常被刷爆。17岁那年，他的挥霍达到了顶点。父亲购买了一套425万美元的房子，他在自己的房间里放置了一套大号白皮双人床，配了最顶尖的电脑，两张设计考究的椅子，以及一套订制的柜子、书架。他还在地下室里设计了一个家庭影院，里面安装有8英尺的巨大屏幕，可以直接从他的卧室远程控制。他要求父亲把那辆不够拉风的旧凯迪拉克凯雷德换成一辆豪华宝马车，他要求父亲每月给他1992美元来养车、吃饭、娱乐和购置衣物，甚至还强烈要求父亲每月给他2000美元的“应急基金”。这些“另类”的要求让父亲大为恼火，拒绝支付。他为此和父亲吵架。此时，父母婚姻破裂。他见父亲不肯满足他，他又打起了母亲的主意，母亲无奈之下给他租了一辆他喜欢的豪华宝马。

原以为他就这样叛逆地走下去，挥霍青春，成为一个碌碌无为的纨绔子弟。然而，他的学业成绩非常棒，非常受老师的喜欢，一路走来，他最终

被斯坦福大学录取。在斯坦福大学这片浓厚的创业沃土上，他幡然醒悟，再也不要浪费青春，无度挥霍，他要自己创业。

除了玩车，钟情于 Bose 耳机等电子产品外，他对科技也产生了浓厚的兴趣。斯科特·库克是“Intuit”公司的创始人，库克非常喜欢这位经常有新鲜思维的小伙子，就给他找了一份和他一起的工作。于是，他与库克等人共同启动了一个名叫“txtweb”的项目，这个项目可以通过互联网获取信息，然后通过短信发送给无法接入宽带网络的人。之后，他和校友墨菲又共同创办了一个叫“Future Freshman.com”的网站。

一天，他一不小心把自己的一张照片用微信发给了好友布朗，他发现后后悔不已，因为照片上的自己有黑眼圈，有青春痘，一副颓废的样子。

“这正是最真实的你，是最真实的瞬间，让我一同分享，这是件多么棒的事情。”布朗却非常喜欢他这种不加修饰的率真状态。“你说得很对，但是这张照片发给我不认识的人将会是多尴尬的事情。”他对布朗说。“现在的年轻人都强调个人隐私，发出去的东西都不想被人收藏，如果能开发一个稍纵即逝的交流工具肯定受到年轻人的欢迎。”布朗的一番话让他大受启发。

是的，虽然 Facebook 让社交网络升级到了“云端”，现在的人们分享自己的一切，但是背负着这种管理数字版自我的沉重负担，这使社交失去了所有的乐趣。如果能开发一款年轻人喜欢的、有趣好玩的，强调私密、短暂、即时的“阅后即焚”交流工具是个不错的选择。他把想法也告诉了墨菲，并得到了他的认可和支持，他和墨菲开始昼夜不停地编写代码。

几个月后，他们推出了第一版的“Snapchat”，一款可以让用户发送并浏览后，几秒钟自动删除其照片、视频、文本的交流工具，“Snapchat”把“撒泼”的乐趣带回数字世界。这款名叫“阅后即焚”的照片分享应用一经推出，Android 用户在 12 个小时就下载了 100 万次。如今，用户每天通过 Snapchat 上传 1.5 亿张照片，每天的信息发送量达到 4 亿条，成为全球亿万青少年的新宠。

2013 年 6 月 23 日，Snapchat 完成 B 轮融资，募集资金 6000 万美元，估值

达到8亿美元。这是个可怕的创意，让贵为社交网络霸主的Facebook也心存焦虑。Facebook提出了30亿美元的现金收购交易，却遭到他的拒绝。更为疯狂的是，谷歌也提出了40亿美元收购Snapchat的方案，同样遭拒。

拒绝，彰显了他的自信；拒绝，让他被人记住。

他，就是现年24岁的Snapchat创始人埃文·斯皮格尔，一个敢于对从天而降30亿、40亿美元说"不"的幸运小子，一个敢于挥霍青春，青春却没有被年轻浪费的小子。

我们逐渐背负了各种包袱，虚荣，美丑，善恶。不敢以本来面目示人，然后就有了欺骗，伪装，各种隐藏和虚假世界。做真实的自己，不好吗？

与书相伴的青春

阿杜

书是我们时代的生命。

——别林斯基

从小我的性格就比较安静，我做不到像邻居家的小女孩一样，整天风风火火跟在一群男孩后面狂奔乱跑，上树抓鸟，下河捞鱼，把自己弄得脏兮兮的，像泥猴。

我是巷子里最乖巧的女孩儿，是所有家长教育自己孩子时的典范。父母们会希望他们的孩子，特别是女孩都能够像我一样安静、懂事，主动帮父母做家务，照顾年幼的小弟弟和年迈的太婆，闲暇时看书，然后编成故事讲给“不听管教”的二弟听，唯有此，他才会乖乖待在家，听我的派遣。

父母很忙，为了生计整日守在街边的水果摊。妈妈说：“早起的鸟儿有虫吃。”她每天总是第一个上街摆摊，最后一个收摊。无论刮风下雨，严寒酷暑，他们依然如故。生活的不易，父母的艰辛我很小的时候就明白了。

记得有一次，妈妈很晚才收摊。累了一天的她脸色很不好，我还注意到她的眼睛红肿，面颊上留有斑斑泪痕。在爸爸劝说妈妈想开些时，我才知道事情的原委。原来是妈妈在傍晚时，因为人多，也因为天色昏暗，对钱很敏感的她居然收进了一张假币。虽然只有50元钱，但那已经是我们家好几天的生活开支了，怪不得妈妈如此伤心自责。

“穷人的孩子早当家”这句话我是有深刻感受的，看着含辛茹苦的父母，看着清贫的家，从很小的时候起，我就知道要和父母一起撑起这个家，毕竟我是大姐，是父母唯一的帮手。两个弟弟年纪小，而太婆身体又不好。如果我不帮父

母，谁帮呢？

父母对我最大的奖励就是给我办了一张图书馆的借书证。图书馆就在街道的尽头拐弯处，离家不远。我读幼儿园时，爸爸曾多次带我去过那里。爸爸只是初中毕业，但这一点也不影响他喜欢看书。妈妈也支持喜欢看书的爸爸，妈妈曾说，喜欢看书是一件很美好的事，因为她只上过几年小学，所以对喜欢看书的人很尊重。

我喜欢看书，可能是受爸爸影响；也可能是为了多看书才能讲出好故事，顺便管住喜欢听我讲故事的弟弟，我很享受弟弟们崇拜的眼神和一个劲追问故事结局的表情；还有可能是因为妈妈喜欢爱看书的人，她的欣赏我很受用。当然，可能也有性格和身体的原因吧，喜欢安静独处的我，沉浸在书中的故事里，跟着主人公的喜怒哀乐而开心、忧伤，因为书，我成了一个情感丰沛、善解人意的女孩。

经过父母多年的打拼，我们家搬进了新房子，父母拥有了自己的水果超市。那些清贫的日子一去不复返，已经长大的我却依旧喜欢看书。可以说我的整个青春期都是和书相伴的，我喜欢那样的闲暇时光，喜欢沉浸在书中独自快乐、忧伤，喜欢在书里憧憬美好的未来，在书中了解到许许多多未知的人与事：看巴黎的圣母院，埃及的金字塔，普罗旺斯的薰衣草

我不知道我的人生如果没有书相伴该有多寂寞，我该如何度过那么多闲暇的时光。因为小儿麻痹症，我自出生后身体就不好，行动不方便，但很幸运，爸爸教会了我认字，教会了我查字典，而字典又成了我阅读时的拐杖。在阅读中，我学会了坚强和勇敢，学会了宽容和自立，学会了付出，学会了分享，学会

了如何去爱和接受爱。

书是我生命中最最重要的伙伴，通过阅读，我开阔了视野。读的书很杂，却也丰富了我原本狭窄单一的人生阅历。

黯淡的青春期，我没有美丽的花衣裳，没有可以倾心相谈的闺蜜，没有贴心温暖的小男友，没有追逐打闹的欢乐，但我拥有许许多多完全不同的书籍，天文、地理、历史、故事、旅游，不同的书籍教给我不同的知识，让我见识到世界的辽阔和人类的伟大。

那么多美丽纷繁的故事，那么多遥远而神秘的旅程，那么多令人敬仰的平凡人，那么多身残志坚的前辈……是它们陪伴我度过了最美好的青春时光。

一缕书的清香，一次心灵的旅程。真的很难想象人生的路上如果没有书，那我们的世界将变成多么不堪的模样。

野马情缘

庞启帆

人间如果没有爱，太阳也会灭。

——雨果

弗吉尼亚的冬天真是太冷了，阿萨提格岛上空的云朵仿佛都已冰冻了。我和祖父咒骂着从卡车上跳下来。

“野马在哪里？”我哆嗦着问。

“会见到的，孩子。”祖父边说边把他的消防斧头递给我。祖父是辛科提格志愿消防队的队长。

“拿斧头来干什么？”我问祖父。

“在池塘的冰面上凿个洞出来，给马饮水。马得喝淡水。”祖父一边回答我，一边从卡车上拖下两个装满干草的饲料袋子。

我点点头，跟着祖父越过灯芯草地和已经结冰的沼泽地。整个岛都静悄悄的，偶尔一股风吹来，夹杂着海水的味道。

“看这儿。”突然，祖父脱下手套，指着一棵老树的树皮说，“这是一棵有擦痕的树。”我抚摸那擦痕，想象着强壮的野马靠着树木搔痒的情景。

我们继续往前走，经过了一大片野葡萄藤和铁线草。突然，一个喷鼻声打破了阿萨提格岛的宁静。我吓了一大跳。

“野马。”我低声道。祖父点点头。我们在冰冻的池塘面上止住脚步。“劈开冰面。”祖父对我说。我使劲地抡起了斧头，不一会儿，水冒了出来。这时，再次传来了一个喷鼻声，然后是一声马嘶声，最后是几声马嘶声，整个岛似乎都震动了。八匹野马疾驰而来，身姿是那么优美。我屏住呼吸，呆呆看着它们。

祖父急忙打开一袋干草，倒在池塘边的地面上。“过来吃吧，马儿。”他轻轻地呼唤道。

为了不影响野马过来吃干草，我们继续往前走。几分钟后，我们的脸和鼻子已经被冻得麻木了。经过几棵树时，我们猛然止住了脚步。“这是什么？”我注视着地面问。

“冻僵的野马。”祖父说，悲伤的表情浮上了他的脸。一匹高大的野马僵硬地卧在地上，丝一般的鬃毛垂下来盖着紧闭的眼睛。祖父慢慢弯下腰。“一匹母马。”他轻轻地说。

“它死了吗？”我颤抖着低声问。

祖父点点头，我的泪水霎时涌了上来。“可怜的马儿！”我哽咽着说，伸手去抚摸它头部火红的鬃毛。马的鼻孔突然发出一点声息。我的心急速跳动起来。

“它还活着！”我惊呼道。

“奄奄一息了。”祖父说。我看见他的手在颤抖。他打开第二袋干草，倒在地上，然后把袋子塞进他的裤兜。“把斧头留下，”他说，“我们把马抬到车上去。”

我赶紧把消防斧藏到了一棵树上。祖父深吸了一口气，然后弯腰，抱起马的前身，我抓住后腿。就这样，我们半扛半拖着那匹奄奄一息的母野马，一路往回走。

回到我们的车旁，我觉得我的双手累得几乎要断了。祖父喘着粗气打开车的后门，然后我们把马抬上了车。

“这家伙真够沉的。”祖父说。我点点头，然后爬上车，坐在马的旁边。在回消防站的路上，我给马盖上一张旧毯子，抚摸它的鼻子，跟它说话。

“你会好起来的。”我说，“我和爷爷会好好照顾你。”冻僵的马只是用无神的眼睛看着我，一动不动。但我坚持在它耳边轻轻地说话。

回到消防站时，野马似乎已经认识了我。它的眼睛亮起了光芒，心跳已差不多恢复正常。几个消防员把它抬下车。

“哦，我敢打赌它快要生小马了。”当大家都围在它身边时，一个消防员说。

果真这样，初春的一天，在消防站，母野马生下了一匹小野马。这个时候，它的名字不再叫冻僵的马，而是叫火焰，因为它头部火红的鬃毛就像火焰一样。火焰的孩子的头部则有一束白色的鬃毛，长长地垂下来，像一根冰柱。“我们就把小马叫作冰柱吧。”我说。

三个月后，初夏的阿萨提格岛的上空飘浮着一朵朵白云。我和祖父再次来到了这个地方。我们一起走到车后面，给火焰和冰柱打开后门。

“再见，火焰！再见，冰柱！”我亲吻着母子俩头部的鬃毛说。

它们看着我，眼睛里充满了依恋，然后，它们一起飞跑了起来。我的双眼霎时涌出了泪水，心刀割般地疼痛。一会儿，火焰和冰柱就消失在了我和祖父的视线之外。许久，祖父转身笑着对我说：“我们得去找我们的消防斧了。”

我们按原来的路线走到那棵树下，找到了那把已经生锈的消防斧。这是我们发现火焰的地点。“还记得吗？”我颤抖着问。祖父点点头。然后我们就默默站在当初火焰躺着的地方。

突然，一个喷鼻声打破了宁静。“野马！”我低呼道。说话间，又响起了一个喷鼻声，然后是一声马嘶声，接着是几声马嘶声，最后整个岛似乎都在震动。

十几匹野马飞奔而来，长长的鬃毛迎着风恣意飞扬。我的呼吸霎时停住了。我在它们当中看见了冰柱和火焰。它们看了我一眼，同时长嘶一声，然后和其他的野马一起隐没在树林中。

人类与自然的高度和谐，是像朋友那样互帮互助。这种感人的画面，希望不要只在某种纪录片里出现！

龙卷风来了

庞启帆

只有顺从自然，才能驾驭自然。

——培根

"我去杂货店买点东西，你愿意照看一下你的弟弟吗？"妈妈边对我说边朝她的车走去。

"没问题。"我答道。

天气十分闷热，我和6岁的弟弟扎德来到后院的柳树下。然而没有风，躲在树荫下也没有用。汗珠一滴滴从我的额头上滚下来，我烦躁得几乎要抓狂。

突然，柳树叶动了。起风了！我舒了口气。

扎德没注意到这个，而是侧耳倾听着什么。"嘿，杰森，你听到火车声了吗？"他大声说道。

我仔细倾听，但是我只听见了远处传来的打雷声。"是雷声，扎德。"我笑道。

"不，你听。"扎德坚持道，"你听见了吗？"

声音虽然在几英里外，但我还是听见了。那声音正在一步步地逼近，越来越有力，越来越大声。"这怎么可能呢？"我纳闷了，"那条铁轨已经荒废了好几年了呀！"

"走，扎德，我们骑车到铁轨旁去看火车。"我兴奋地说道。

然而，当我们把自行车推出家门时，却停下来了。不远处的天空一片黑暗，好像是一群飞鸟遮住了天空。它们在盘旋，俯冲，仿佛在进行危险的特技

表演。这些鸟儿真是不要命了,我想。突然,其中的一只鸟儿快速朝我们飞来。

它越飞越近。我瞪大了眼睛,那并不是一只鸟儿,而是一个屋顶。

“杰森,我很害怕。火车开得离我们太近了。”扎德大喊道。

是的,“火车”太近了。

我脖子后的汗毛一根根全都竖立了起来。太阳消失了,天空变成了墨绿色。这时,镇上的龙卷风警报响了起来。我明白了我看到的为什么不是鸟,而是屋顶。

风越来越大,不久就开始怒吼起来。树梢被狂风抽打着,一会儿向左,一会儿向右。

“啪啪啪……”砾石溅落在车道上。我扔掉自行车,抓起扎德的手就往家跑。我用力去推后门,但门的后面有一股巨大的力量死死顶住了门。门纹丝不动。

“扎德,你得帮帮我。”我大喊道,“我数到三,你就把肩膀顶到门上来,然后用力推。一,二,三……”

门突然打开,我们跌了进去。我们还没站起来,门“砰”又关上了。我的心狂跳起来,屋内的空气似乎已经被抽干了。我跑到窗边,天空就像夜晚一样漆黑。

我们家曾多次练习过龙卷风逃生计划。但是我从来没想到,居然是我和扎德首先用上了这个计划。我们家没有地下室,但房子的中间有一间储藏室,而且没有窗户。

“进储藏室!”我大喊道。

储藏室很小,而且里面堆满了东西,但我们除了挤进去别无他法。然后,我猛地把门关上。扎德开始哭了起来。“很快就会没事了。”我安慰他。但是我很担心妈妈。“妈妈,希望你能找到一个安全的地方躲过这一劫。”我在心中祈祷。

外面,暴风雨依然在肆虐。突然,我听见屋顶“砰”的响了一声。整个房子都在颤抖,呻吟。我和扎德紧紧相拥在一起。

不知过了多久，一切都安静了。“结束了吗？”扎德问。

我打开门，然后和扎德一起慢慢爬出了储藏室。雨从开着的窗户飘进来，打湿了地毯。厨房的一扇窗玻璃已经不见，应该是被风卷走了。

我看着后院，柳树被拔地而起，断枝败叶散落了一地。一根大树枝的顶端挂着我们家的屋顶。房子的墙板、隔热材料和木瓦片都散落在院子里。院子里的家具也都不见了。

“杰森，电话打不了。”扎德拿着电话对我说，电也停了。我看了一眼还挂在墙上的时钟。从我们听到第一声雷声起，大约只过了 20 分钟。

这时，外面响起了汽车的刹车声，然后是飞奔的脚步声。我大喜，妈妈已经安全回家。

“孩子们，”妈妈大喊道，“你们在哪里？你们没事吧？”我们跑出去，与妈妈紧紧拥抱在一起。

太阳又出来了，从来没有过的耀眼和明亮。

人类跟自然相比，总是非常渺小和无助的。我们能做的就是尽量与之保持和谐的局面，不然，一旦危害降临，人类是无法抵挡的。

眼镜王蛇的王者之路

张振民

胜者为王，败者为寇。

——谚语

眼镜王蛇，蛇如其名，身长可达五米多甚至更长，号称世界上体形最大的毒蛇，是蛇家族中地位不可撼动的至尊王者。

虽然眼镜王蛇偶尔也捕获蜥蜴、小鸟等动物，但它最喜爱的食物还是其他蛇类，比如捕食鼠类的锦蛇，比如毒性极强的银环蛇。因此，许多在眼镜王蛇势力范围内生存的动物常常会选择在夜间眼镜王蛇处于休息状态时才敢出来觅食活动，就连大象遇上眼镜王蛇都常常会绕道而行。

眼镜王蛇凶狠霸道，但雌蛇对蛇卵的看护工作还是十分用心的。眼镜王蛇是地球上唯一一种会筑巢的蛇。交配前后的雌蛇会用枯树叶修造起一个高约一米的小丘，既防水又保温，然后将 20~40 枚卵产于其中。

蛇卵的孵化期为三个月。在这三个月内，雌蛇会不吃不喝一直守候在巢穴附近负责“保安”事务，直到小蛇们一个个出世才选择离开。

小蛇们自破壳而出的那一刻起就开始了“一条蛇的战斗”。它们必须学会在各种恶劣环境下独立生存和应对各种挑战的本领。不能被天上的猛禽（如鹰、雕）抓住，不能被地上的猛兽（如獴）擒获，不能被其他种类甚至同类的蛇吞入腹中，与此同时，还必须捕到足够的食物否则就会活活地饿死。

一路“爬”来，20 条小蛇当中一般只有一两条有幸成功地活到成年。即便是活到成年，也不能保证其安全问题得到彻底地解决。两蛇相逢强者胜，败者若不能及时逃离决斗现场很可能会有生命危险，特别是双方实力差距较大的情况下。

原来，有着王者光环、令其他动物闻风丧胆的眼镜王蛇并不像我们想象中那样活得肆无忌惮，过得优雅轻松，其威风八面的背后是在其出生之后相当长的一段时间内危机重重、朝不保夕的生活。

事实上，不只是眼镜王蛇，许多被人类视为强悍形象的动物在其成长之路上都不是一帆风顺的。北美红尾鹰很少有能撑过两个年头的，大部分都在飞行时坠崖摔死；生活在澳洲卡卡度公园的湾鳄，更是在一百条中几乎只有一条能够活到成年……在严酷的自然法则之下，没有任何动物生来就可以坐享其成，做“衣食无忧的二代”，即使是强大如眼镜王蛇、红尾鹰和湾鳄，在其登顶之前也要付出巨大的努力，也要面对诸多的考验，甚至是生死考验。

荣耀在前方，挑战在路上，既然选择了出发就不惧接下来的艰难险阻，这就是眼镜王蛇的王者之路，这就是眼镜王蛇的王者宣言。

我们要一直在路上，接受挑战和洗礼，赢得荣耀和光环。王者，才有资格被膜拜。

玉簪花的美丽绽放

麦淇琳

以不息为体，以日新为道。

——刘禹锡

说起玉簪花，历代文人多有吟诵，北宋词人黄庭坚更是把它称作“江南第一花”。并不是玉簪花特别鲜活、多情，而是读到“玉簪”这个名字时会错觉地把它想象成古代某个曼妙的女子，摇曳多姿，穿越时空的隧道，把清新、温婉、纯洁、恬静的气息送到我们面前。流年寂寂，玉簪花绽放一树，在白墙黛瓦间甚是明媚。一滴露降落在玉簪花上，露的心上印着莹白的影子。这样的仿若洁静如瓷的女子，眼神清澈，素面朝天。

玉簪花叶片娇莹，恍若透明，花朵色白如玉，美丽高洁，而待放的花苞就像美人头上的发簪一般，芳香扑鼻，很淡雅的味道，却又让人觉得很浓郁。玉簪花儿冰姿雪魄，又有袅袅绿云般的叶丛相衬，那份雅致动人难以言喻。将玉簪花装点庭院，或放置窗前案几，那洁白的花儿芳香袭人。它一会儿谢，一会儿开，给人一种“瑶池仙子宴流霞，醉里遗簪幻作花”的美妙享受。

乡野间，清风与流水和鸣，日光与草色挑逗。玉簪花摇曳在我们身边，蔓延在眼里的绿意仿佛成了我们的一部分。在山路边、在小径里、在沟渠旁，它那叶脉分明的绿叶在风中婆娑，花萼间探出一个嫩白色的小脑袋，那便是它的花芽，花芽越长越长，就像古代女子头上的玉簪。当玉簪花盛开时，六片雪白修长的花瓣围着熙点鹅黄的花蕊，一朵挨着一朵，摇摇欲飞。初夏的时候，正是花开的季节。走在灰砖青瓦的巷弄里，你会发现玉簪花的叶是香的，茎也是香的，全身都溢着香甜。摘一朵，簪在发间，别在衣襟上，幽幽的花香似丝绸游向小巷的所有缝隙。

在我的家乡，家家户户都栽种玉簪花，因为玉簪花是很凡俗的花，好养活，又富含香气，老人家都很喜欢。奶奶是爱花之人，家里的玉簪花苗是她在山路拐弯处的一棵栎树下找到的。当时，它被遗弃在那棵生机勃勃的栎树下，如同被上帝遗忘在人间的一朵即将凋谢的花。因为遗忘，也因为它的不起眼，它没能和大地泥土产生联系，歪歪斜斜地倚在树下喘息。奶奶小心翼翼地捧回这棵受伤的花苗，把它种在院子里，我们都不相信这株玉簪花苗能成活。可是，它借助了一场大雨的恩赐以及重新得到泥土的养分，终于努力盛开成亭亭玉立的少女。我站在它的面前，不禁惊叹："啊？花都开好了？"这就是玉簪花的命运，贱贱地长，呼啦啦地长成一大片，花透着嫩白，微微张开，欲遮还羞。

《本草纲目》里也有关于玉簪花的记载，说它："柔茎如白菘，叶脉清晰，茎上花朵长二三寸，未开时如白玉搔头簪形，中吐黄蕊，根叶可解一切毒。"这一句说透了玉簪的品性：凡俗，不起眼，对未来没有所求，却又担当着不可或缺的角色。也许，我们每个人的心中都长着一株玉簪花，悄悄地绽放，不张扬，积蓄力量只为等待生命中的一场美丽绽放。

我想起曾经读过的一句话："一朵花的绽放其实正是花心的破碎啊！"我们惊羡于花开的美丽，却忽略了它们等待绽放时的努力与艰辛，也忽略了它们对生命强烈的渴望。玉簪花不管绽放的过程多么辛苦，都始终不放弃，它的顽强带给人们生机盎然的美丽，燃起人们内心对生活的热情与期盼。

野径无人，空山无语，这种比天空更纯洁的花朵点燃了山野间的静谧。远离都市繁华的玉簪花散发着最隐秘的爱，没有人注意到，一朵花儿悄悄地开了，又悄悄地落了。然而，它们又在夏夜的晚风里肆意张扬，在无声无息中表达了一种真挚的坚韧与高洁的情怀，让我们对生活怀有希望，不轻易气馁，这便是玉簪花传递给我们的美好情意。

世间大多平凡细小的生命，大都如这般隐秘，但却坚韧，默默无闻充满力量。这便是生命的定义。

小确幸

张觅

知足常乐，随遇而安，安而不怠。珍惜生活，珍惜拥有，那么你就是世界上最幸福的人！

——佚名

近年来流行一个词语“小确幸”，意思便是微小而确定的幸福。

清少纳言的《枕草子》，可谓是一本集满了小确幸的美丽的书。日常生活片段，随手拈来，意趣盎然。清淡的文字，却蕴藏着生命的大欢喜。

她写着：“穿着淡紫色的衣，外面又套了白袭的汗衫的人，鸭蛋，刨冰里放上甘葛，盛在新的金碗里，水晶的数珠，藤花，梅花上积满了雪，长得非常美丽的小孩子在吃着草莓。”那样清脆微小的美丽，仿佛可以落于掌心的雪花，精致得叫人吃惊，轻轻一吹就了无痕迹，只余欣喜。

几米的绘本中，这样的小确幸也俯拾即是，童话的色彩，温暖的句子：“星期三的下午，风在吹，我睡着了。白色的窗帘，轻轻地飘起来。毛毛兔来了，在窗外吹着口哨呼唤我。推开门，森林好安静，阳光好温柔。好久好久没有在森林里游荡了。”褪去世俗的烦恼纷扰，只有自在呼吸，温柔阳光，清风拂面，只有大自然的草木清香。如此简单，可是如此的感觉到单纯美好小幸福。

网上曾经有一段非常美妙的类似于小歌谣的话，朴朴素素的动人，如同小雏菊一般清丽，是让人感到温馨的俗世愿望：“我想要一套小房子，能做你的小妻子，一起提着菜篮子，穿过门前的小巷子，饭后用不着你洗盘子，可你得负责抹桌子，再要个胖胖的小孩子，可爱得就像小丸子，等你长出了白胡子，坐在家中老椅子，可会记得这好日子，和我美丽的花裙子。”这样单纯而美丽的语句，让人觉得世界就是一枚甜美的糖果。

快节奏的生活，高房价高房贷的压力，路上只看见行色匆匆的众人，谁能停下脚步，静静感受一下，小确幸所带来的唇角上弯的弧度。流水般的日子里，对一个个的小确幸珍而重之，就像童年时捡起一颗颗的幸运星小心地放进透明玻璃罐里收藏，等待一个阳光明媚的午后或是星光满天的夜晚，拿出来静静欣赏，心中溢满生命的芬芳。

林语堂在《生活的艺术》中说，一般人不能领略这个尘世生活的乐趣，那是因为他们不深爱人生，把生活弄得平凡、刻板，而无聊。做为凡俗的人，我们应该多多感受一下小确幸带来的欢喜与小小满足。

幸福就是微小愿望达成后知足的喜悦。握住了小确幸，就握住了生命幸福的真谛。

不是每个人都可以成为万众瞩目的焦点，站在刺眼的聚光灯下，接受人们的膜拜和追捧。更多的人是在属于自己的舞台上，绽放属于自己的快乐！幸福就好。

对生活说“真好”

戎裴云

生活，就应当努力使之美好起来。

——列夫·托尔斯泰

或多或少，或轻或重，人都是有着自己的口头禅的。

乐观者常说，“只是一点儿毛毛雨而已”；悲观者常言，“我的天啊，这可如何是好呢”；自负者常云，“他也不过如此吧”；无畏者常论，“狭路相逢勇者胜”；胆怯者常道，“多一事不如少一事”……

一句普普通通的话在某个人的口语中出现的频率偏高时才会升格为口头禅。言为心声，在一般情况下，口头禅最能集中体现一个人的价值观念和思想境界。

我有一位同事，比我小几岁，相处时日无多就发现他说话的一个明显特点：他喜欢在谈及一件事情时在前面加上“真好呀”三个字，而且每次脸颊上一定浮起浅浅的笑意。

“真好呀，我们又可以上班了”“真好呀，我们终于下班了”“真好呀，今天可干的活儿这么多”“真好呀，今天的任务很轻松”……许多的事情，甚至是完全相反的两件事也被他冠以同样的口头禅。事情当然不可能总好，只是加上这句“真好呀”，一件稀松平常的事也会蒙上一层理想化的色彩，一件不太好的事也会因此似乎减轻了事件本身的严肃性和严峻性，而若是一件好事，自可增强心中喜悦的振幅。同事真是一个生活的智者！

一句句“真好呀”像一阵阵清凉的风吹皱一池春水，层层美妙的涟漪就这样荡漾开去，并给旁人以同沐春风般无边惬意。境由心造，难怪他的身上总是蓄满着朝气，难怪他的办事效率总是“居高不下”，难怪他的业绩屡屡受到上司的肯定。

我们不在同室办公，每逢工作的间隙或者身心感到疲惫的时候，我常去敲他的门，只为听他那句有如天籁般清新的“真好呀”。短短的三个字，竟让一切有关人生的说教在瞬间变得黯然苍白。

回想起他往日里说口头禅时的情景，“真好呀，今天的天气多晴朗”，可我分明看到他额头有秘密的汗珠沁出；“真好呀，今天下雨了”，可我分明见到他差点儿被淋成了落汤鸡；“真好呀，要加班了”，可我分明知道他事先曾有其他的安排……他的潇洒风度和阳光气质让人钦佩。

但让我更深层次钦佩他的是缘于后来对他家境的了解。他的母亲得重症常年卧床不起，父亲在一家濒临倒闭的小厂子里上班，还有一个读大学的弟弟正需要用钱……原来，他所说的“我又可以上(加)班了”是指又可以挣钱来支撑家庭的最低开支了；他所说的“我们终于下班了”是指又可以回家做家务照顾家人了。“一蓑烟雨任平生，也无风雨也无晴”，坚毅与达观增加的是脊梁的硬度和生命的厚度。

在逆境面前，同事是无忧无虑的乐天才子苏东坡，而不是絮絮叨叨博人同情的祥林嫂。他像一阵旋风一样从容地穿越人生的荆棘，而穿越之后依然保持着穿越前旋转的超逸。有了这份超逸随身，便有了超越生活苦难的能量，即便深陷孤岛危机重重，也能“弹起我心爱的土琵琶，唱起那动人的歌谣”。

细细品味，同事的对生活说“真好”断不是一种精神上的自我陶醉和麻痹，一句句“真好呀”里面还蕴含着对生活的感恩，对当下的知足，

对困难的藐视，对幸福的提醒和对未来的憧憬。想来，感恩和知足盈心，困难自会退却，幸福自会到来，关于未来的愿景自会铺开，同事的境界让人仰望。

在这个物质一路奔跑、精神跟进乏力的年代，每每听到“无聊”“没劲”“漂泊”等浮躁颓废的话语从一个个面容惨白的人口中迸出时，我都会一脸喜色地在心里对自己说：“平生能够遇到一位把‘真好呀’做口头禅的同伴实在是真好呀！”

对生活说“真好”，如果一定要在前面加上一个期限，我希望在尘世行走的每一个人亮出的答案都是相同的两个字——永远！

习惯的力量在于你坚持得久了，就真的变成了这个样子。你习惯乐观，最后你就真的成了一个主宰生活的人了。

你不必追

倪西赟

天生我材必有用，千金散尽还复来。

——李白

你不必追，天空的鸟儿。

在宁静的清晨，你只需慵懒地躺在床上，就可以听到鸟儿在你的窗台上天籁般地清唱；你也可以光着脚丫，走在挂满露珠的草尖上，看鸟儿轻盈地在霞光里扇动翅膀，低低飞，低低飞……

你不必追，调皮的春风。

在云朵低垂的田野上，你只需带上一只风筝，它会调皮地带着风筝去远方流浪；你也可以站在嫩草青青的山坡上，它会悄悄回到你的身旁，轻轻揉乱你的秀发，让你很美，很美……

你不必追，流淌的溪水。

在一个温暖地黄昏，你只需坐在河边的大石块上，伸出脚丫，撩拨那清冽的水，浸入骨髓；你也可以采一朵一朵的桃花，一瓣一瓣地轻轻撒入溪水，让桃花追随，让桃花追随……

你不必追，天上的月亮。

选一个月明星稀的晚上，你只需站在一棵古老的大树下，仰起脸，微闭双眼，让月光慢慢吻上你的唇；你也可以去村口看看那口池塘，那里有一位穿白裙子的姑娘，微醉，微醉……

你不必追，恋人的身影。

你伤心的泪水载得起船，却留不住他决绝离去的身影；你只需重新拾掇心情，给自己一个笑脸，给自己一个晴天；你也可以把他冰封在记忆里，爱情的路上不需要眼泪，不需要眼泪……

你不必追，父母的脚步。

他们走起路来步履蹒跚，或许会在哪一天，在哪一个拐角，就会突然不见。你只需常常回到他们身边，听听他们的唠叨，听听他们的抱怨；你也可以多吃几次他们做的饭，尽心了就不后悔……

你不必追，在这个世界，你如果拥有一颗花儿般的心，就会看得到美，等得到美；你不必追，在这个世界，你如果拥有一颗感恩的心，醒悟的心，你就会领悟到，逝去的美……

每一朵花都有自己盛开的方式，每一只鸟都有自己飞翔的方式，每个人都有属于自己的方式，你不必羡慕，亦不用去追！

化开坚冰成暖男

梅若雪

拼着一切代价，奔你的前程。

——巴尔扎克

他被人们称为亚洲第一暖男，人生其实是一种冷暖变幻，他今天的“暖”是由于他昔日的“寒”。

他长得浓眉大眼，读初中时，个子蹿得比同龄孩子高出半个头，风姿翩翩的他很快被一本时尚杂志相中做了兼职模特。19岁时，他又幸运地被建国大学电影学术学院录取。接着青少年电视剧《秘密的校园》邀他出演男一号。在拍摄中，他又获得了一位小清新型美女的爱情。在人们眼中，他简直就是一位幸运的“男神”。

然而，他的宠幸似乎老天爷也嫉妒了，“冻云连海色，枯木助风声”，晴空万里中突然飘来了一团寒云。一次他在与一位好友外出旅行时不幸遭遇车祸，身受重伤。躺在病床上的他只觉得寒气阵阵，他痛苦地想，自己的演艺生涯很可能要被这冰天雪地封冻住了。这时爱情自然成了他唯一的精神慰藉，病房的门只要被女友推开，就宛然一阵春风拂来，他的心也随着快乐地跳起舞来。

然而，这样的快乐越来越少了，女友终于不再来了，因为她的心已另有所属。医生说他在病床上少说也得躺上一年，他清楚演艺界是换代极快的行当，今天你是头条明星，也许到了第二天你就被人取代了。连他自己也觉得前途未卜，而哪个女孩子又愿意将自己的幸福寄托于一个前途充满未知数的人的身上呢!

经过几天心灵的痛苦挣扎后，他想,要是这样消沉下去,自己就如同从五彩缤纷的春天掉落于冰窟窿里了，从今往后生命的园地有的只是一片幽暗死寂。自己还年轻,只要振作起来,未必没有“瓦解冰泮,风飞电散”的日子。

想到这,他要使劲将那仿佛挂满冰凌的心抖一抖,他听到“叮叮咚咚”的响声了,感觉到那些冰凌已尽行委地。他倒有些感谢前女友了,她的离去倒成了击碎他心中冰凌的棒,不,他更是要以这根棒撬起心中的一轮太阳。

从那以后,在医生做完治疗后便静下心来刻苦读书,他要让冰泮升华为春雨,让自己的心田生动丰盈起来。

精神振作心情开朗身体也就恢复得快,不到一年他便出院了。他相信只要凭着自己对生活的热爱及不懈地努力,在演艺界一定有重新被认可和接受的一天。出院后,除了吃饭睡觉就是练习演技,同时加强体育锻炼,身体容易发胖的他也就能始终拥有完美的身材。

心中有太阳,心田葳蕤一片。2009 年,《花样男子》剧组开拍前他去试镜,导演一眼就看上了阳光帅气的他。“他的能力是否能胜任主角?”因缠绵病榻近一年而太没名气,他不免遭到一些人的质疑。导演并没看错,影片一上映他得到的全是叫好声,人们很快记住了具俊表这个痴情王。他的“粉丝”也如雨后春笋般从四处冒了出来,人们更是亲昵地称他为“长腿欧巴”。

他乘势而上,不做偶像派,要成为实力派。《城市猎人》让他饰演男主角李润成,而武术打斗是他的短板,可他说,谁做什么也不是天生就会的。尽管拍摄抓得很紧,繁忙之中每周他都会去武术队训练几个小时,他还到泰国向射击高手学习射击。

付出了就有收获,影片上映后,使得之前认为这个二十三四岁的毛头小伙子拍不好动作片的人大呼:“想不到,我们错了! 他有一种 360 度无死角的帅! ”

他就是1987年6月22日出生于韩国首尔的李敏镐。2013年，电视剧《继承者们》将李敏镐的事业推向了高峰。后来他把这部电视剧中自己购买的道具服装，捐赠给慈善拍卖网站，将其拍卖所得全部捐助给困难群体。

竞拍后第一秒就有一万多名网友同时预订，竟一度令网络瘫痪，重新开始后43秒内全部秒杀。李敏镐人气极大地爆棚，引起了2014年央视春晚导演冯小刚的注意，力邀他上了春晚。除夕之夜，李敏镐和庾澄庆合唱了《情非得已》，成为收视率最高的节目。

冬天来了春天还会远吗？从被女友嫌弃遭抛弃，到如今成为拥有无数"粉丝"，站在舞台上受亿万人追捧的红星，从普通人变成亚洲第一"暖男""男神"，只因为他勇于向逆境挑战。面对冰一样的打击及失恋，只要心中有阳光和勇气，就终将站在人生的领奖台。

每一次跌倒，是为了更好地爬起，每一次流泪，是为了更好的展露笑容。坚持走，总会成为你心中的样子。

让慈悲的温暖驱散寒意

纳兰泽芸

用慈悲的心体贴关怀，用慈悲的眼看待万物，用慈悲的口随喜赞叹，用慈悲的手常做佛事，那么，即使是一无所有，都足以安身立命。

——星云大师

2月17日下午，广东省佛山市禅城区季华五路与普澜二路交界处，一名湖北籍男子赵安有闯红灯时，被一辆从右侧驶来的公交车轧住了双腿脚踝，痛得几乎晕厥过去！

如果按照一般的“看客”逻辑，现在的路口一定会呼啦啦围上一大圈人，然后人们指指点点，甚至高声谈论着刚才发生的那一幕，却没有一个人伸援手——是啊，人家是被公交车这个庞然大物轧住了，怎么施援手？

这个理由的确是合情合理，无可辩驳！

可是且慢，让我们来看一下佛山的事故现场发生了什么：与赵安有素不相识的十多个路人义无反顾地冲上去，用肩膀、用双手合力抬起公交车的一侧奋力救人，这些不相识的人们想为伤者的抢救赢得时间！

虽然最后他们的努力失败了，还是消防部门动用器械将伤者解救了出来送往医院，然而，素昧平生的过路人能够不约而同地为了救人、为了道义而合力举抬巨大的公交车，这种行为的本身已经超越了救人的范畴。

这种温暖，在这样一个春寒料峭的早春二月，一路蔓延至无数人的内心。

然而，正如这早春天气乍暖还寒、变幻莫测一样，人们刚刚感到一丝暖意的心又被一阵寒意笼罩：2月17日下午，几乎与佛山的交通事故发生同一时间，江苏南通一位骑电瓶车的老人突然摔倒昏迷20分钟。在这漫长的20分钟里，围观的人群是里三层外三层地水泄不通，可是没有一个人上前搀扶，甚至没有一个人拿出口袋里的手机报警！

直到20多分钟之后，执勤到事发地点的交通协管员拨打120，昏迷的老人才得以送到医院抢救。

有人说，我“不敢”上前去搀扶啊。他强调了他不是“不愿”，是“不敢”。

这话听着似乎有些道理。

这些年在许多城市出现的破坏人们社会道德底线的事件的确不少，这些事件，将爱心、善良、关怀、仁慈、助人为乐、侠肝义胆这些美好的词汇蒙上一层浓重的阴翳。

例如“彭宇事件”。

彭宇是南京一名白领，在公交车站看到一位摔倒在地的老太太，彭宇出于同情心将老太太扶了起来并送往医院，没想到，后来老太太一口咬定是彭宇将她撞伤，并向他索要十多万医药费并将之告上法庭。

例如“钓鱼事件”。

上海白领张军在开车上班的路上，遇到一位面露痛苦之色的男青年，男青年说自己胃痛得很厉害，可是又找不到出租车，恳求张军能带他一段路。张军出于善良答应了。没想到当车拐弯减速，男青年突然伸手抢拔车钥匙。原来，张军被当成“黑车之鱼”被“钓”了。

事件刚刚过去一个月不到，又一位好心的面包车司机孙中届在路上遇到一个男青年，对方称自己遇到急事，请孙中届做做好事送送自己。孙中届怀着一颗善心，却稀里糊涂地成了“鱼”，在百般辩解无效的情况下，孙中届挥刀砍下了自己的一根手指以证清白。

例如……

有这些“前车之鉴”，人们并非“不愿”，而是“不敢”去“多管闲事”，凭良心来讲，的确说得过去。

但是，当老人倒在地上昏厥了20多分钟，上百名围观者“不敢”上前搀扶救助，是出于“自保”，还勉强说得过去的话，那么，掏出口袋里的手机摁下三个数字“110”或者“120”，不是什么难事吧？要知道，耽误一分钟抢救时间，老人就有可能失去生命。

可是，尽管围观的人水泄不通，竟然没有一个人打个电话报警。这实在不得不令人唏嘘。

当前社会上流行着这样几句话：“路遇不平事，只当袖手观。拒绝学雷锋，善举不可彰。好事做不得，好汉不能当。见死不能救，谁救谁遭殃。

可是当这样的“袖手旁观”已经冷漠到看到一个人奄奄一息，却连掏出手机拨三个数字都不愿意的时候，我们还能再说些什么呢？

奥地利精神医学家亚弗烈德·阿德勒，以他高超而独特的精神疗法享誉世界，他治愈了无数精神濒临崩溃边缘的孤独症和抑郁症患者。他有一个貌似简单但却神奇的处方，他说，只要按照他这个处方去做，14 天内，病人的孤独症或抑郁症一定可以痊愈。这个处方是：“每天都想一想，怎样帮助别人，使别人快乐，让别人感受人世间的爱心力量。”

他的病人中有一位 50 多岁的女士，丈夫因病离世不久，唯一的儿子也不幸意外身故，这突如其来的双重致命打击将她的意志击垮，她患上了严重的抑郁症，总想着如何自杀。

阿德勒着手治疗她，他知道她喜欢种花，就鼓励她种许许多多的花，然后将这些姹紫嫣红的鲜花送给附近医院的许多病人。她用爱心给病人们带去了欢乐，也收获他们真诚的感谢。慢慢的，女士有了生活的寄托和快乐的理由，她的抑郁症被彻底治愈。

可是，如果这个女士生活在如今的话，不知道她还会不会那样真诚地用爱心去给别人带来欢乐。估计很难。恐怕医术高超如阿德勒，也会束手无策吧。在这样情意萧瑟的寒流里，幸好，还有来自佛山的一缕温暖慰藉人们的心。无怪乎佛山获选“2008 中国最具幸福感城市”，在这样一个充满“善”的城市里生活，想不幸福都难。康有为、黄飞鸿、李小龙、詹天佑、何香凝、叶问……这些铮铮铁骨的爱国者从佛山走向世界，是有道理的。

佛山简称“禅”,因为这个城市懂得“慈悲之道”:能让自己和他人解脱烦恼和痛苦,这是真智慧、真慈悲。

那么,就在这个早春,让那一缕从南国拂来的慈悲之暖驱散人们心底的寒意。让人间处处春暖花开。

不知什么时候开始,我们那么怕去帮助一个人了,那么害怕去跟陌生的人有交际了,那么害怕惹祸上身了,真的特别想知道谁是第一个破坏美德的人,是谁把大家的爱心肆意玩弄,结果成了今天这个样子?

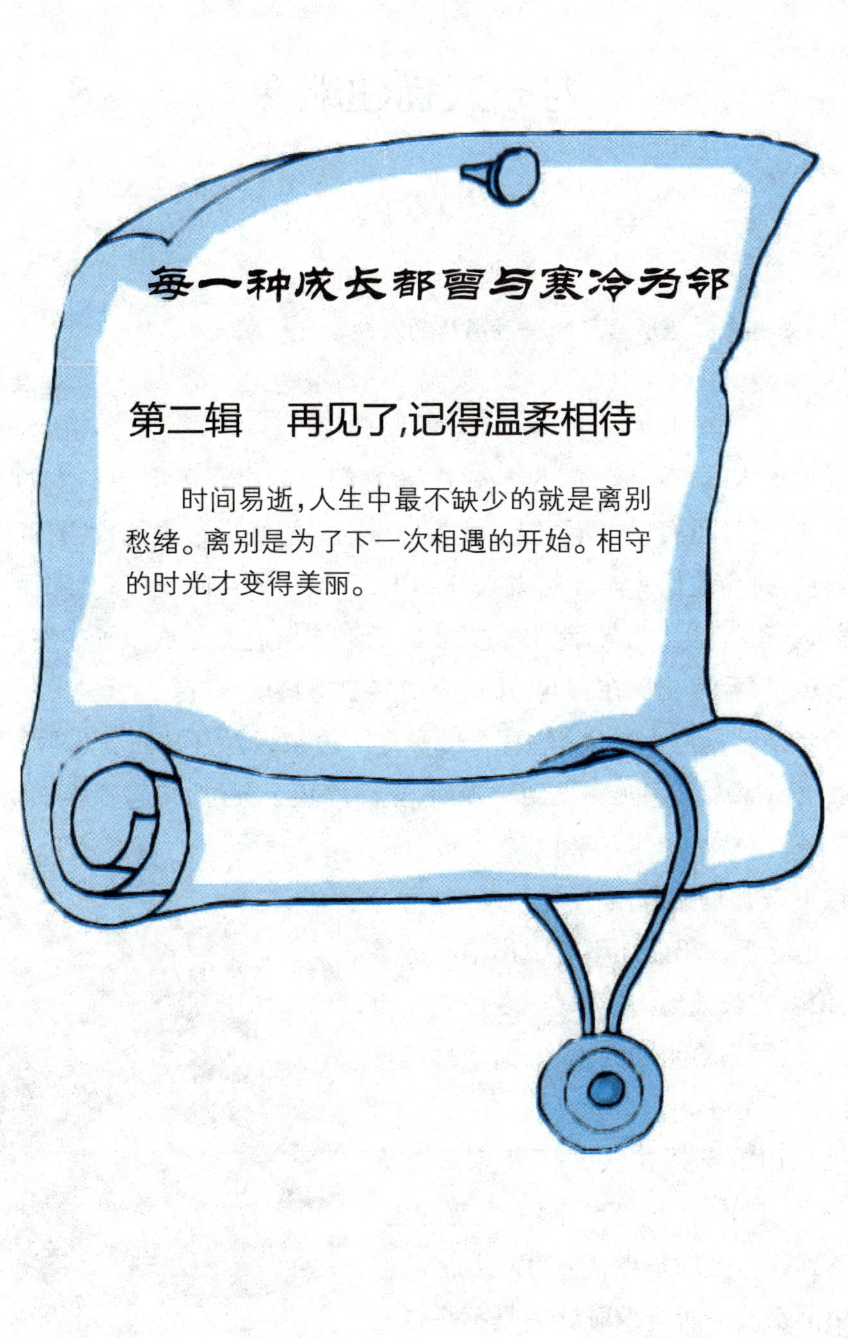

第二辑　再见了，记得温柔相待

时间易逝，人生中最不缺少的就是离别愁绪。离别是为了下一次相遇的开始。相守的时光才变得美丽。

为一只猫建雕像

汤小小

同情是善良心地所启发的一种感情的反映。

——孟德斯鸠

麦伦太太端着小碗，拿着小勺子，坐在门口的小凳子上喂三岁的女儿玛丽吃早餐，可是玛丽根本不配合，她总是一把将妈妈递过来的食物打翻在地，还噘着嘴，拼命地摇头。麦伦太太气坏了，忍不住大声吼她一句，玛丽马上哇哇大哭，爸爸听见女儿哭，跑出来责怪妻子不该强迫女儿。孩子的哭声，大人的指责声、呵斥声交织在一起，让这个清晨变得乌烟瘴气。

哈米斯被这巨大的动静吸引，慢慢走了过来，瞪大眼睛，歪着脖子，好奇地盯着这一家人。玛丽一见到哈米斯，立即停止了哭泣，笑着呼唤："哈米斯，快过来，我把早餐分你一半！"

接下来，玛丽和哈米斯一人一口，开始大口地吃饭，玛丽还不时发出咯咯的笑声，麦伦太太长长地舒了口气，麦伦先生也转怒为喜。因为哈米斯的出现，这个早晨重新变得快乐美好。

贝拉用被子捂住头，任凭家人怎么劝，都不肯走出房间半步。刚刚失恋的她，感觉不到任何生的乐趣，整日以泪洗面，恨不得用泪水洗去所有的耻辱。是不是自己真的很差劲，真的一无是处？不然，心爱的男孩怎么会离自己而去呢？

就在贝拉默默抽泣时，哈米斯来到了她的窗前，他站在那里，瞪大眼睛，歪着脖子，好奇地盯着贝拉，并发出温柔的呢喃声，呼应着贝拉的抽泣。贝拉长久地看着哈米斯，然后，她走下床，往窗边走去。

那天下午，哈米斯和贝拉一起站在窗边，哈米斯时而伸出舌头亲吻贝拉的脸，时而用手轻挠贝拉的肩，他还是个忠实的倾听者，任凭贝拉发泄情绪垃圾，他不打断，也不离开。

他的出现，让贝拉忽然觉得灰暗的世界射进了一束光，失恋也没什么大不了，她又重新变成一个单纯快乐的女孩。

温沙奶奶坐在壁炉边，不停地打瞌睡，可是她不能上床睡觉，儿子打电话说今天要回来看她，如果她睡了，儿子回家时，就会站在门外等很久，那么冷的天，那么深的夜，她怎么忍心儿子在屋外等候呢？

她想了很多种方法，都不能赶走困意。正在这时，哈米斯来她家串门了，他瞪大眼睛，歪着脖子，好奇地看着壁炉里的火苗，样子可爱极了，很快，他发现屋里有一个线团，立即跑过去，抱着线团在地上打滚，玩够了，他就在温沙奶奶的后背上轻轻地抓挠。

温沙奶奶欣赏着哈米斯的表演，瞌睡不知不觉跑得无影无踪，因为哈米斯的出现，无聊的等待变得趣味横生，孤单的夜晚变得温馨美好。

对了，哈米斯是一只黄色的流浪猫，已经在苏格兰圣安德鲁斯小镇逗留了十年。他对一切都充满了好奇，总是一会儿跑到东家，一会儿跳到西家，小镇上的每一家都被他光临过无数次，而他每次出现，总是将欢乐一起带给居民。他是这个小镇上名副其实的开心果。

某一天，当他再次逗乐居民塞尔温时，塞尔温忽然想，哈米斯带给我们那么多快乐，我们为什么不给它建一座雕像呢？这既是对他的回报，也能给居民带来更多的快乐啊。

居民们知道塞尔温的想法后，纷纷表示赞同，他们慷慨解囊，很快就筹集了几万元。

经过一段时间的筹备，哈米斯的雕像矗立在了圣安德鲁斯镇教堂广场的中心，他威风凛凛，黄色的毛发在风中起舞，让人只看一眼，就忍不住笑出声来。

哈米斯的出现，给圣安德鲁斯小镇的人们带来了无限欢乐，尽管他只是一只流浪猫，但有什么关系呢？能带给人欢乐的，不管是人还是动物，都应该受到追捧，并值得人们永远铭记。

给人带去快乐，犹如阴暗的角落洒满阳光。我们都是需要阳光的，不然，万物为何生长得如此茁壮？

让爱转起来

孙道荣

爱别人，也被别人爱，这就是一切，这就是宇宙的法则。为了爱，我们才存在。有爱慰藉的人，无惧于任何事物，任何人。

——彭沙尔

晚报上刊登了一条简短的求助信息，一位单身的王姓阿姨，因家庭困难，想帮年近八旬的老母亲求助一辆轮椅。她和老母亲住在一起，靠两个人微薄的退休金为生，相依为命。两个人的身体又都不好，特别是老母亲，有心脏病，还有糖尿病，身体非常虚弱，只能常年卧病在床。但是，医生又有医嘱，天气好的时候，最好能经常让老太太晒晒太阳。王阿姨说，老母亲自己走不动路，而她一个人，又根本搬不动母亲，如果有一辆轮椅，她就能经常推着老母亲出来晒晒太阳了。

这条豆腐块大的求助信息，夹在厚厚的晚报中，却掀起了一股不小的波澜。当天下午，就有人打电话给报社，愿意将家中的一辆轮椅送给王阿姨。

王阿姨老母亲的轮椅，当天就有着落了。然而事情并没有完，还是不断有人打电话给报社，表示愿意将自家的轮椅捐助出来。短短几天时间，就有 24 位好心人要捐轮椅，而且，仍然不断有人加入进来。

听说王阿姨的轮椅已经解决了，捐助轮椅的好心人又纷纷表示，可以将自己家的轮椅，捐助给其他有需要的人。于是，一个旨在将更多闲置的轮椅“转动”起来，让更多有需要的人从中受益的公益活动，在一群好心人的推动下，运作起来。没想到一个小小的求助，会牵动这么多人的心，成为一个受惠多人的公益活动。

一连几天，我都在关注晚报上的这个连续报道，心中特别温暖，特别感动。我留意到其中的一个细节，那就是捐助来的 24 辆轮椅，其实每一辆的背后，本身也都有一个温暖的故事。

一位 79 岁的老太太，执意要将自家的轮椅捐助出来。她说，这辆轮椅，是孩子当年为她的母亲（孩子们的姥姥）买的礼物，孩子们很孝顺，买来轮椅，让行动不便的姥姥可以坐着轮椅出去转转，散散心。姥姥最后的时光，很幸福。老太太说，自己虽然年龄也大了，但身体还好，不需要轮椅，所以，执意要将轮椅捐赠给有需要的人。

有位汪女士家里有辆轮椅，那是她买给自己的母亲的。母亲身体不好，走路不方便，买辆轮椅，就是想经常推着母亲出去，走走，看看。汪女士伤感地说，谁知道轮椅买回来后，母亲还没来得及坐一次，就突然发病，永远地离开了我们。汪女士说，把轮椅捐出来，就是想让别人尽尽孝。

一位先生打来电话说，有段时间，岳母腿不大好，出门不方便，我就给她买了辆轮椅，这样，进出就方便了。后来，岳母的腿好了，轮椅就闲置下来了，家里没地方放，就存在了公司的仓库里，如果有人需要，我随时可以去将轮椅拿回来送给他。

一位中年妇女说，婆婆得了偏瘫病，生活不能自理，她就赶紧在网上，买了一辆普通的轮椅回来。后来，婆婆的病情加重了，普通的轮椅不行了，需要有特殊靠背的。我们就又买了一辆新的高背的轮椅。这样，以前买的那辆普通轮椅就没用了，希望捐给别人。

轮椅，算是一种有点特殊的物品，不是每个家庭都会拥有。但是，每一辆轮椅的背后，一定都有一个温暖的故事，都有一段人间真情在。有的是孩子孝顺年迈的父母的，有的是因为家中有人受伤了，有的是家人行动不便……

有了轮椅，我们就可以在天气晴好的时候推着亲人出去，晒晒太阳，看看蓝天，听听鸟鸣；有了轮椅，在亲人团聚的时候，就不会落下任何一位；有了轮椅，亲人就可以随时和我们在一起。轮椅是什么？很简单，轮椅就是不遗不弃，就是爱。

每一次，在公园，或者街头，或者医院，或者小区的楼下，看到有人推着轮椅，慢慢地行走，我都会驻目，心中充盈着温暖和感动。坐在轮椅上的人，尽管白发苍苍，或者一脸病容，抑或缠着绷带，但他们的脸上，一定都含着一丝欣慰。

让轮椅转动起来，就是让爱转动起来，永不停歇。

生命因爱而伟大，生命因爱而鲜活，不然，就是徒有一副躯壳而已。

给别人爱的清凉

段习萍

我是幸福的，因为我爱，因为我有爱。

——白朗宁

人总在努力释放心灵的空间。比如说，人是需要自我解嘲的，在特定的情况下，说一些诙谐的话，让尴尬退回去，让自信多起来。其实，有些打趣自己的话语并非是自我解嘲。

那是儿时一个夏天，母亲的脸上被马蜂蜇出了一个包。人们笑话母亲，说她天天躲在家里好吃好喝，愣是让自己长胖了。母亲却笑呵呵地打趣自己道："我这是让这张脸长出一个手掌能拿它捧水呢！"母亲这样说只因为刚刚发生过一件事。

那是一次在野外劳动，由于天气太热，劳动地点又不透风，有一位我叫她黄婶的人中了暑。母亲见状赶紧从溪沟中用手捧了一些水，要去喂给黄婶喝。

刚走到一片树林时，忽然钻出两只马蜂来，母亲本来可以将手握成拳头，去对付那些马蜂的。可母亲愣是不管不顾，捧着那水急急向黄婶跑去。马蜂有一个习性，人越是跑，它越是追着人蜇，母亲头上也就被蜇出了一个红红的大包。

只要你的手心充满关爱地展开，那水就停留在手心，你就能给人爱的清凉生命的甘泉。要是你握成拳头，那关爱的水就会从每一条指缝间流洒出去——母亲的话就是这样的一种意思，她并非在自我解嘲。而生活中像这种不是解嘲的事让人时时会遇到。

那是十多年前的事了。一天，我正打算到大路上去，可我又折了回来，只因刚好有一个熟人在大路上走过来。原来那天我要捉住被一只野猫咬伤了腿的小麻雀，可麻雀扑棱棱飞进了我屋后不远处的树林中。我跟着追进树林，一下子撞上了好几张蛛网，一张脸顿时成了拔丝地瓜，或者说纵横交错的乡村地图。我退回来是不让那位熟人看到我那副“鬼画符”的脸。

哪知，当我退到林中，要从另外一条路回家，去为小麻雀敷药，刚一露头时，有一个人却叫了我的名字。看着那位熟人嬉笑的脸，未待他开口，我便指着自己的脸，打趣自己道：“我做了一次打劫者呢！”在朋友愣在那儿抓耳挠腮时，我匆匆回了家。

我也并非是在自我解嘲，因为我一点也没有怨恨那蛛网的意思，我确实做了一次“打劫者”。我知道蛛网既是蜘蛛的谋生工具，也是它们赖以安生的家。我闯入它们的领地“缴”了它们的械，它们今天势必要饿肚子了；我毁了它们的房子，它们只能选择重新开始庞大、精密却是令它们劳累的工作。

也说那只麻雀，每天有那么多的时间活跃在我家的阳台上，可我并不怪罪它们屙屎有时弄脏了我的阳台，而是只想着它们在我那居住的小区里筑起一个巢来是多么地不容易，而且还要受到天敌的偷袭和侵害。

所以，当你遇到一件事时，不要抱怨别人打扰你的生活，不要怨恨别人影响了你的情绪，要多为对方考虑。如马蜂蜇你，是因你刚好把它好不容易筑起的新房的基础弄掉了；又比如中午时分，有叫卖声扰了你的清梦，可人家正有老人等着他挣一些钱去瞧病。让你不快的一件事，也许他们与你比起来，所受到的伤害、所遭遇的损失不知多了多少。

一个人是无法改变爱的本质的，一定要让心灵多一些与人为善的空间，爱是付出而不是期盼，爱是问讯而不是强求，爱是既站在自己的角度，也更多地站在他人的立场为别人想想。如此，你自己也能有更多快乐与幸福的空间。

一个人价值的体现，是尽可能的施与你的爱给别人。无论多么微小的举动，在别人那里可能就是生活的勇气。不要吝啬你的爱，释放你的爱吧！

儿童节的礼物

入世无尘

友谊是灵魂的结合,这个结合是可以离异的,这是两个敏感,正直的人之间心照不宣的契约。

——伏尔泰

儿童节即将来临,孤儿院的院长珍妮一改往年的习惯,决定不自作主张为孩子们买礼物,而是让他们自己先选礼物,然后再买回来送给他们。珍妮把这个好消息告诉了孩子们,孩子们都欢呼起来,他们早就想拥有自己喜欢的礼物。往年,珍妮买回来的礼物,他们几乎都不喜欢。每个孩子都在纸条上写下了自己最喜欢的礼物,珍妮一一收起来,统计好。她发现,有五个男孩子都选了手枪,原来,这些孩子都有一个梦想,想当一名警察。

孩子们的梦想,就是珍妮的快乐,她希望每一个孩子都能实现梦想,做一个有所作为的人。而她呢,就是要让他们健康地成长,帮助他们实现自己的梦想。珍妮带着礼物清单上了街,出门时,她还带了两个孩子去帮着搬礼物。那个调皮的汉斯也嚷着要去,珍妮担心自己不在,他又做出什么坏事,或者欺负别的孩子,于是便把他也带上了。路上,珍妮嘱咐汉斯,上了街得乖乖跟在她身后,别到处乱跑,也别捣乱,否则就不给他手枪了。

虽然汉斯满口答应了,可是真的到了街上,他就开始调皮捣蛋了,独自跑到一边,这儿看看,那儿望望,还动手去摸摸这样东西,把鼻子凑过去闻闻那样东西,那些可以吃的东西,他看得两眼放光,就差没有伸出舌头去舔它们了。也难怪汉斯这么好奇,因为他平时就很少有机会上街,更难得见上如此多的东西。当然,至于各种美味,就更是难得一尝了。孤儿院的经费很有限,募捐的收入也并不多，所以，孩子们难得吃上一点好东西。

珍妮回头发现汉斯不见了，顿时就叫了起来："汉斯！汉斯！"她担心汉斯闯祸了。汉斯听到珍妮的叫声，连忙从人群中钻了出来，笑嘻嘻地看着珍妮。珍妮一把抓住了他的手，再也不肯松开。她带着孩子们走进店里买东西的时候，这才不得不松开了手。然而，这一松手就出事了，汉斯跑去看鱼缸里的金鱼，不小心将旁边的鱼缸碰倒了。"砰"的一声，掉到地上的鱼缸顿时就碎了。汉斯一时间愣住了，呆呆地站在原地，不知如何是好。

闻声赶来的老板把汉斯紧紧抓住，连忙问这是谁的孩子。珍妮过去一看，居然是汉斯，不由叹了一口气，他真的闯祸了。珍妮上前跟老板商量，最终以赔偿鱼缸了事。珍妮拉着汉斯气呼呼地出了店，教训道："你怎么老是给我添麻烦？我真不应该带你出来！你等着瞧，你的手枪我不会给你了！"听到珍妮这样的话，汉斯呆了，他知道珍妮这次真的生气了。不发手枪给他，这是对他最大的惩罚。汉斯心里十分不乐意，但他知道自己错了。

此后，汉斯一直默默地跟在珍妮身后，再也不敢离开半步，他希望珍妮能够收回她的惩罚，因为他太想得到一把手枪了。汉斯的梦想是成为一名警察，虽然现在他还不是警察，但他却很想拥有一把手枪。拥有手枪的念头，已经在脑海里盘踞了整整两年。眼看到手的手枪没了，汉斯恨不得打自己两个耳光，自己太不小心了，害得珍妮赔了一个鱼缸。早知这样，就不应该出门来。后悔的汉斯忍不住偷偷地流下了泪水，他又偷偷地擦掉了。

买好所有的东西，珍妮带着孩子们回孤儿院。路上，珍妮让其他两个孩子帮着拿东西，但就是不让汉斯拿任何东西，可见，珍妮不相信他，担心他不小心又惹出麻烦。一路上，汉斯只好默默地跟在后面。回到孤儿院，那两个孩子把汉斯闯祸的事告诉了大家，大家都很生汉斯的气。许多孩子听说珍妮在儿童节不发手枪给他，都说珍妮做得对，就该这么惩罚一下他。还说像他这么爱闯祸的孩子，根本不配拥有手枪，更不配成为一名警察。

听了大家的话，汉斯沮丧到了极点，他本来还想回来后，让大家替他向珍妮求求情，把手枪发给他，现在看来，这个想法也只能打消了。整整一天，汉斯一言不发，也不跟大家玩，好像病了似的。珍妮发现了汉斯的异常，她说："汉斯，你可是个男子汉，自己犯了错，就该承担责任，难道你还委屈了不成？"珍妮说得没错，他是个男子汉，闯了祸，撞倒了鱼缸，赔了一笔钱，孤儿院受到了损失，而他这个肇事者，理所应当受到惩罚。

汉斯不再期盼得到手枪了，当然，他不会怪珍妮，也不会怪大家。并且，他决定不再惹是生非，不再伤害珍妮，不再伤害大家。"六一"儿童节这天，珍妮给孩子们分发礼物，每个孩子都得到了他们想要的礼物，只有汉斯，没有得到他想要的手枪。虽然珍妮已经买回来了手枪，但就是没有发给他。汉斯得到的，仅仅只是一个蛋糕而已。汉斯看到其他四个想成为警察的孩子，拿着他们心爱的手枪玩耍时，他走到一边，泪水无声地涌了出来。

这天晚上，汉斯早早就上床睡觉了。他做梦了，梦见自己拥有了手枪。然后，他醒了，醒来他发现床上真的有手枪，不但有，而且还是五把。汉斯明白，其他四个孩子都不约而同地把手枪给了他，而珍妮，同样也把手枪悄悄地发给了他。"谢谢你们！"汉斯幸福地涌出了泪水。他爬起床，把孩子们的手枪还了回去，就是珍妮发给他的手枪，他也放在了珍妮的桌子上。他不需要手枪了，他是一个最幸福的孩子，因为他曾拥有五把手枪。

如果你曾这样为别人着想过，并试图跟大家建立友谊，那你就该明白，这一切都源自爱，唯有爱，能让你们在一起。

衣锦还乡为妈妈

邹华卫

全世界的母亲是多么的相像！她们的心始终一样，都有一颗极为纯真的赤子之心。

——惠特曼

那天回妈妈家，妈妈非要我陪她逛街，破天荒的，一向节俭的她竟然看中一件五千多块钱的羊绒大衣，象征性地试穿一下之后，她乐呵呵地把衣服递给我："来，你试试看！"

可不是，这衣服时尚的款式，明亮的色泽，的确更适合年轻人。我穿在身上，镜子里的整个人都焕然一新。可是粗粗盘算一下，这价钱，差不多够女儿去参加几次夏令营了。我把衣服恋恋不舍地退给导购小妹，妈妈有点急："怎么不要呢？穿着多好啊，还是牌子的，快买下吧，羊绒的，看这手感一点都不贵！"

上次逛街，她看上一件一百五十元的纯棉外套，怕褪色怕起球犹犹豫豫地不肯买，其实我知道，她是想再看看有没有更便宜的。可是现在，一件五千多块钱的衣服，她却说"一点都不贵"。这瞬间我突然明白过来，妈妈是打着要我陪她逛街的旗号，目的是要我买一件穿得出门的衣服，她分明就是不愿意我年纪轻轻就受到来自家庭、孩子、事业的牵绊，穿成灰头土脸的样子，她一直希望我有精致的生活，做一个光彩夺目的魅力女人，但我总与她的期望背道而驰，就像这一刻，为了省出女儿出门见世面的钱，我放弃这样一件衬肤色的衣服。

回家的路上，妈妈不停地念叨："你二十几岁的时候，每个月才挣一百多元钱，可你舍得拿出一个月的工资去买条裙子，现在工资翻了几十番，五千块钱买件大衣，这可是件正经衣服啊，能穿多少年，可你却嫌贵了！"

我跟妈妈解释，那时候是爱美的时候，又是一人吃饱全家不饿。现在呢，上有老下有小，孩子正是花钱的时候，还有油盐酱醋各种乱七八糟的开支呢。再说，现在我已经不是从前的消费观和生活观了，中年了，喜欢更舒适的衣服，不讲究什么品牌时尚了。

这一下，妈妈看我的眼神已经是惊诧了："谁不喜欢穿个品牌，求个时尚，打扮得漂漂亮亮呢，你这思想有问题。"

妈妈的焦虑从穿着上升到生活态度："你看你全身上下，除了黑的就是灰的，就没有个亮颜色，一看就让人感觉沉闷，孩子，生活不是这样的！"妈妈很着急地说，"你过得太闷太苦了，天天除了上班就是读书写稿，要挤点时间，要学会享受生活啊！"

我几乎要笑出来了。妈妈屡次跟我说过，邻居家的女儿，跟我差不多的年纪，每次回娘家，都是打扮得精致得体，穿着"一看就喜庆"的衣服，抱一条长毛小狗，说话慢条斯理，很清闲很享受的样子。

"那，像她那样，才算会享受生活吗？"我问妈妈。

"是啊，女人就要像她那样，把自己倒饬得精精神神的，得闲去做做什么瑜伽美容，遛遛狗喝喝茶，又不是等着你一个女人去拼生活嘛。"妈妈显得很激动。

我不知道怎样才能跟妈妈解释清楚。她的生活的确很好，可是，人与人不同，她享受的不是我追求的，相比精致，我喜欢自在朴素的衣裳，就像妈妈说"天天除了上班就是读书写稿"，这样的生活我非但不觉苦闷，反而是自得其乐啊。

我知道在“做自己”和“做妈妈期望中的女儿”之间，真是很难选择和坚持，这两种状态似乎永远没有办法和谐统一，可我也真的不希望妈妈眼里的女儿太逊色。年轻时任性不懂事，妈妈几乎操碎了心，后来懂了妈妈的苦心，得了闲，我努力上进，小日子过得不比谁逊色不说，在频频把自己的文字发表在媒体上时，我以为我离妈妈的期望更近了一点。可没想到在她眼里，我的生活仍然偏离，并且越来越远。

我搂住妈妈的肩：“走，咱回去，买下好不好？”

看着妈妈脸上露出的满意的笑容，我心里很踏实。既然妈妈和我都不可能改变自己固有的价值观，那么我为什么不在妈妈面前把自己收拾得精致得体，买几套妈妈喜欢的衣服，专门用来“衣锦还乡”呢。如果这样能让妈妈高兴又放心，我真的很乐意花一点时间花一点钱来做。

母亲眼里，女儿是世界上最美丽的女人，一切阻碍女儿美丽的原因都是不可接受的，哪怕来自女儿的家庭。

我妈是个菜贩子

邹华卫

在这个世界上，我们永远需要报答最美好的人，这就是母亲。

——奥斯特洛夫斯基

1

许朵的叛逆，是从厌烦“菜贩子老妈”开始的。很小的时候，她就因为老妈是个菜贩子而拒绝去菜市场。那时候，老妈还是个小菜贩子，经营一个小小的摊位。

私下里，许朵叫老妈“卖菜的”。老爸一辈子木讷少言，全仗“卖菜的”英明领导，才让许朵读中学时就过上富足的生活。可许朵还是看不起老妈，她没文化，大大咧咧一副女汉子样儿，完全不似同学牟卉卉的老妈，说话轻声慢语，举手投足，都是一股文化人的范儿。

一想到这儿，许朵就巴不得一下子离老妈远远的。

还记得那次，因为同学说许朵有个“卖菜的”老妈，许朵跟人狠狠地吵。对方比许朵高，又长得壮实，一推一搡的，把许朵推到街边的水洼里。牟卉卉送许朵回家，恰好遇上老妈，问发生了什么事，许朵气不打一处来，冲老妈吼：“还不是因为你！”

老妈明白原委，跳着脚骂了许朵一顿，那声音，整条街的人都听得见。老妈骂她没出息，责问她："卖菜咋了？老娘不偷不抢，赚的都是血汗钱，丢人吗？你吃的穿的都是从菜摊上扒拉出来的……"

那时许朵年少，心里还是畏惧真正发火儿的老妈，表面没敢还嘴，心里在反驳，哼，没人愿花那沾着烂菜叶子味儿的钱！

不过，许朵老妈的菜摊，经营得还真不错。她做买卖实诚，不短斤不缺两，人又热情活络，所以顾客明显比别人多出几倍，以至于钱越赚越多，后来弃了菜摊开起菜店，取名诚信菜店，再后来，发展起十多家连锁店，直接从菜地拉回"有机蔬菜"供应。

每次，看到蔬菜涨价的消息，老妈都掩饰不住兴奋地计算能多赚多少钱，还经常在许朵和老爸面前显摆，这一次把给菜农的价格压低多少，那一次又超载多少……

家里因为"卖菜"发家，盖了楼房，买了轿车，吃的用的应有尽有，但许朵她总觉得老妈骨子里都是市侩气，典型的无商不奸，是"唯利是图"的暴发户。所以许朵不像有钱人家的孩子那样大手大脚花老妈的钱，因为在她看来，不管老妈的职业还是素养，都不值得敬重，以至于在叛逆期，这种心理更加突兀起来，坚决要让自己和老妈的人生拉开距离。

2

读到高中，许朵决定住校。可老妈不同意。老妈说："牟卉卉跟你一个班，人家咋不住校？你住校,我也不放心。”

这话说出来,许朵“嗤”地冷笑一下,压根儿就不想服从。

为住校,许朵跟老妈争执了很多次。老妈的态度与语气,是不容争辩地坚决。许朵眼看没戏也急了,说如果不住校,那就读家门口的职业高中得了。

许朵考进的,那是多少人羡慕的重点高中啊。话戗到这里,老妈也恼了,一拍桌子,你随便,到哪儿读都无所谓,不读老娘也养得起。老娘不读书,一样赚钱活得滋润。这话正冲了许朵的嗓子眼儿,说:“也就你,赚这种没质量的钱！”

老妈一听这话火气大了,骂道:“啥,嫌老娘的钱没质量？你吃的喝的哪来的？有本事,别花啊。”

“不花就不花。”许朵丝毫不妥协:“你以为我稀罕。”

眼看着娘儿俩剑拔弩张,老爸赶紧当和事佬,劝了许朵劝老妈,最后老妈拗不过许朵,只好依她住校。

但让许朵没想到的是,开学的时候,老妈不仅自作主张执意开车把她送了过去,还一见如故地跟许朵的班主任聊上了。那班主任经常光顾老妈菜店,有次还粗心地把手机落在店里,老妈清店的时候发现,把手机送上门时,她还不知道手机丢了。

老妈眼尖,竟能一眼把人认出,还把这碴儿说了出来。她卖菜的大嗓门儿一嚷嚷,引得同学们纷纷侧目,于是开学当天,全班都认识了许朵——她妈是卖菜的——家喻户晓的诚信菜店的老板娘。

许朵感觉自己头大不止一圈,恨不得找个地缝钻进去。坚持住校就是想离老妈远一点儿,不再受她的影响,可是一天没过,又被她罩在她的影子里了。

许朵简直沮丧透了。

3

因为卖菜的老妈,许朵不由自主地在同学面前显现出自卑,甚至承受

不了一些善意的玩笑。一次午饭时,同桌打了一份略贵的杏鲍菇炒肉片,分给一起吃饭的许朵与牟卉卉,牟卉卉欣然接受,许朵攒着眉头说不喜欢,同桌絮絮道:“忘了你妈卖菜啊,哎,你真幸福,啥稀罕菜都吃够了吧。”

许朵一下拉长了脸,“啪”地把筷子一拍,饭也不吃了,扭头就走。弄得同桌半天没醒过神来,不知道许朵是发的哪门子火,好在有牟卉卉帮她圆场。

后来大家就都知道了,许朵很介意别人提起她老妈卖菜,于是在她面前说话的时候,便有所顾忌。而许朵,也在大家聊起老爸老妈地时候,找借口溜出去。由此,许朵对老妈的忌恨更多了一重,老妈那种没心没肺的显摆,明摆着就是土豪暴发户的招数,真正有素养的人,在人前总是低调而谦逊的。

而老妈还是老妈,她丝毫没有感觉到许朵的“不爽”,过了一段时间,又跟学校管后勤的校长扯上,零利润为学校食堂送菜。老妈得意扬扬地对许朵说,你们校领导说了,你吃饭不用花钱,想吃啥就去吃啥。

许朵简直要崩溃了,但这次,她默然不语,只是坚决不肯再去食堂,宁愿去学校门口那些不卫生的廉价小吃店吃饭。结果没几天就吃坏肚子,患了急性肠炎,被送到医院打点滴。

至此,老妈终于知道许朵的抗议行为,她又气恼又意外,大声责问许朵到底想干什么。许朵把头扭过去,斩钉截铁地对老妈说:“你再来我们学校拉关系,我就离家出走。”

老妈变了脸色,她哆嗦着嘴唇,抬起手掌,可看着许朵苍白的小脸儿,还是无力地放了下来,叹口气,转身走了。

4

许朵决绝的抗议方式取得了成效,老妈终于消停下来。

许朵重新开始吃食堂,她只要简单的饭菜,维持温饱,因为她觉得这样的抗争之后,再多花一分钱,都是对老妈的妥协与认输。她分外努力,只想远远离开这里,甚至打算读大学之后,就找一份家教养活自己。是的,她要坚决而彻底地与卖菜的老妈脱开干系。

可到底是长身体的时候，功课越来越紧张,高二上学期,许朵明显显现出营养跟不上的疲累。也恰在这时,牟卉卉老妈找到许朵,以一个母亲的急切求她,朵朵,你知道卉卉也住校了,她不许我中午送饭,可营养又实在跟不上,阿姨求你,跟她做伴儿吃饭好不好，她说只要你同意我给你们俩送饭,她就同意。

许朵过意不去，可看着牟卉卉老妈期盼的眼神，终于点头。许朵想,这才是爱孩子且有素养的妈妈,不像自己老妈,永远不考虑后果,总把事情做得那么浅薄。

牟卉卉老妈每天中午送来的这份丰盛午餐,及时为许朵补充了一份能量,有了足够拼搏的体能,加上要远离老妈的动力,许朵的状态越来越好,高考时发挥出超常的水平,以至于可以随心所欲挑选一所远离家乡的一流大学。

许朵兴奋,去答谢牟卉卉老妈的午餐,却不承想,牟卉卉老妈微笑着揽过许朵的肩膀,对她推心置腹:“朵朵呀,你是真把你老妈逼急了,就为你多吃点儿,来求我求卉卉想了这么个办法。孩子你说,卖菜怎么了,靠自己奋斗把生意做到这么大,不值得你自豪?知道吗,阿姨的爸爸残疾,他是捡破烂儿供我读完大学的,我一辈子都为他骄傲,他了不起啊……”

这些话,一句一句戳在许朵心窝里。

话语如蚕,心似桑叶。

真的,老妈有什么错?纵是有商人的各种缺点,却也不偷不抢赚血汗钱,竭尽全力爱自己的孩子……

许朵简直就想给自己一耳刮子。

那天下午，许朵去了老妈的菜店，老妈没有半点老板的架子，正弯着已然有些佝偻的身子，跟员工一起码菜称重。许朵愣了愣，过去接过老妈手里的菜，轻声说："妈您歇着去，我来吧。"

莎士比亚说丑恶的海怪也比不上忘恩的儿女那样可怕。我们总被虚伪的表象迷惑，蒙蔽了心智，最后还是因为我们曾经憎恶的母亲用爱帮我们擦拭了心灵。

再见了,记得温柔相待

胡识

一个老年人的死亡,等于倾倒了一座博物馆。

——高尔基

我记得小时候的某个晚上,妈妈在房里收拾衣物,爸爸蹲在犄角旮旯,我和弟弟跪在水泥地上打弹珠。突然,爷爷从另一个屋里跑出来,他张开双臂重重地说:“娃,从明天起,你两兄弟由爷爷养。”“啪”,弟弟的弹珠打中了我的弹珠。

我抬起头,用狐疑的眼神看着爷爷:“你养?”

“那爸妈去哪儿?”弟弟将赢回来的弹珠塞进汽水瓶里,侧着身子问。

“爸妈明天去打工!”爸爸从地上捡起一枚石子往院子里的泡桐树身上扔。我看到爸爸的脸变得蜡黄,焦黄,像被土烟熏了整整一个冬天。

那一年,爸爸做谷子买卖赔了本,为了还债,爸爸要带妈妈去深圳打工。妈妈说,再过一个月就过年,不能离开老家。妈妈死活也不同意。结果,爸爸和妈妈吵了半个月架。

腊月二十,爸爸坚决要走,他一个人跑到房里卷起铺盖。妈妈愣愣地倚靠在泡桐树上盯着爸爸的背影,像极了一只在偷偷抹泪儿的小麻雀。妈妈显得有些孤单。

爸爸转过身,妈妈急急忙忙地用袖子揩揩眼睛,看了爸爸好几眼,再走向前,又一把拉起爸爸的手,吃吃地说:“孩子他爹,你不能一个人走!”爸爸搂住妈妈的腰,他的眼睛有些湿润。

大人们都说爷爷有一双顺风耳，爸妈打算外出打工，不在家过年的事瞒不过爷爷。爷爷很生气，他说，没钱也得在家过年！

大人们也说爷爷是“刀子嘴，豆腐心”。最后，爷爷还是没能帮我留住爸妈。我嘲笑他说：“爷爷，你老了，真没用！”

爷爷蓦地汗毛倒竖，说：“哎，怕是真老了吧？”

第二天，我看到爸妈背起蛇皮袋，上了汽车，爸爸弓着背，妈妈的脸埋在玻璃上，他俩同我们挥挥手。我很好奇，张大眼睛问爷爷：“爷爷，爸妈在干吗？”爷爷从口袋里摸出一根香烟，跟泡桐树在冬天沉默一样，树上没有半张叶子。直到汽车渐行渐远，爸妈的手摇晃得厉害时，爷爷才吞吞吐吐地说，你的爸妈在同我们告别。

“那告别是什么意思呢？”弟弟反过头问。

“告别就是和我们再见。”说完，爷爷的泪花一股脑地从眼缝里渗了出来，爷爷的土烟被打湿了。我感到有些难过。

那是我第一次体会再见的含义，原来再见是，当亲人快要在我们的面前消失时，我们不会站在原地一动不动，会伸出手来或是拔腿去追，也会慢慢流泪。

爷爷的那根土烟是爸爸前两天和爷爷吵架时，一气之下扔掉的。爷爷把它捡了起来，藏在兜里。怪不得我看他的裤兜总是鼓鼓的，跟藏了很多个馍一样。

我问爷爷，烟好吃吗？

爷爷点点头，不一会儿却传来一阵阵呛咳声。

三年后，我陪爷爷去医院做LB(肺活体组织检查)，大夫说爷爷得了肺癌，得抓紧时间做化疗。爷爷不信，连连拍着胸脯说：“你胡扯，我的肺杠杠的。”爷爷从大夫手里抢过化验单，捞起我的手朝外走。一路上，他咳个不停，我很担心。

晚上，爸爸打来电话，我说爷爷得了肺癌。爸爸也不信，他骂我是乌鸦嘴。爷爷在一旁跟着凑热闹说我不懂事，他说他的命硬得很，还故意说得好大声。爸爸信以为真，挂了我们的电话。

可没过多久，爷爷病危入院。他呼吸又低又沉，我坐在床边哭着说：“爷爷，爸妈马上就会回家。”爷爷转过脸来，面色惨白，眼珠子一动不动。我大声喊：“爷爷，爸妈马上就会回家。”爷爷的手靠着棉被，枯柴一般，很慢很慢地举起一点点，抓住我的手，我紧紧握着爷爷的手，说：“爷爷，你怎么啦？你倒是说话啊？爸妈马上就会回家！”爷爷声音很小，低到尘埃里，就像当时爸妈坐在汽车里隔着玻璃同我们告别一样。

爷爷说：“娃，爷爷养不大你，要走了，你得好好读书。”

我说：“爷爷不养我，我就不读书。”

爷爷说：“爷爷要走了，养不大你，你要好好读书。”

我大声说：“不读书！”我回过头，看见站在门口的爸妈，他们脸上挂满眼泪。我又把头低下来，看见爷爷的手，抓着我的手，轻声细语地说：“好吧，我好好读书。”话音一落，爷爷的眼珠子往上一翻，爷爷走了。那是我见过的最撕心裂肺的场景，爸爸跪在爷爷的床头边泣不成声，妈妈搂着弟弟的头哭得歇斯底里，我把耳朵贴在爷爷的胸脯上哭。

爷爷曾说：“娃，不哭，俺会好好养你。”

我说：“我才不要你养，我要爸妈养，他们得回家。”

爷爷说:“你的爸妈和我们说完再见后,会很晚回家。”

我说:“爷爷,但是我怕。”

爷爷摸摸我的头,说:“乖,有爷爷在,咱不怕!”

后来,每当我经历一场告别,爷爷的声音就仿佛飘荡在空气里、人潮里,让我感到温暖而又踏实。这是我生命中最珍贵的一场再见,因为再见,我懂得珍惜我们在一起时的幸福时光,我懂得温柔相待。

时间易逝,人生中最不缺少的就是离别愁绪。离别是为了下一次相遇的开始。相守的时光才变得美丽。

厚重的父爱亲情册页

奇清

父爱是沉默的，如果你感觉到了那就不是父爱了！

——冰心

父爱是奇迹。

1976 年 6 月 27 日，以色列的一架空中客机被国际恐怖分子劫持，为首的是德国人博泽。飞机上乘有 258 人，博泽将其中的非以色列人予以释放，被控制的人质 有 106 人。

他们要以人质交换被关在以色列的德国和法国的 53 名恐怖分子，最后期限定在 7 月 1 日下午两点。为表示决心，心狠手辣的博泽让手下将人质中一名“不听话”的中年人残忍杀害，人质的处境越来越危险了。更棘手的是飞机降落在以色列的死对头乌干达的恩德培国际机场。

眼看就到了 7 月 1 日上午，离最后期限只有几个小时了，以色列总理拉宾召开的紧急会议仍没有定论，死神狰狞地一步步向人质逼近……

猛然，一个人不顾一切地闯入拉宾的总理办公会议室。正焦头烂额的拉宾更是气不打一处来，命令保卫人员将来人拖出去。那人却掷地有声地说：“先别动手，我就说几句话，请你们无论如何让我说完，说完后哪怕枪毙我都行！”

此人是纳赫·肖姆隆，时任以色列的伞兵司令。会上他说出了自己已苦苦思索了两天的“雷电行动”计划，经过一番磋商后，会议同意了纳赫的计划。

接下来开始行动了，为了争取时间和实地侦察，纳赫亲自带了几个人前往乌干达和劫匪谈判，他佯称交换人质涉及几个国家，需要时日。博泽同意将最后期限延迟七十二小时。

一切按计划进行着。7月3日，四架“大力神”运输机搭载着四组280名以色列的突击队员，在夜色的掩护下从特拉维夫军用机场秘密起飞。经过八小时的超低空飞行，飞机神不知鬼不觉地进入乌干达，降落在了离以色列四千公里外的恩德培国际机场。

下了飞机后，纳赫带领着队员们分别乘坐随运输机带去的六辆黑色格塞德斯吉普——这是乌干达总统平日爱坐的车。突击队员们还一律穿着乌干达军装，脸上涂上油墨，扮成黑人。

不一会儿，这群没有人怀疑的“乌干达高官”到达了关押人质的新航站楼。透过窗户，纳赫一眼就看到了人质中的几个女孩，蓬头垢面地挤在一个角落哭泣着。纳赫立即用希伯来语向航站楼大声喊：“我们是祖国派来营救你们的，所有人质都赶快趴下！露茜，我是爸爸，快用希伯来语让他们全都趴下！”

露茜愣了一下，马上反应过来，用希伯来语高喊：“大家都趴下，我爸爸是伞兵司令，他带人救我们来了！”是的，露茜就是纳赫17岁的独生女儿，她是趁暑假搭载这架飞机前去巴黎探望母亲的。

希伯来语是以色列人的母语，人质们都能听懂，他们一个个全都趴了下来。但劫机者听不懂，这些人也压根儿不相信以色列军队能来到有乌干达士兵保卫着的航站楼，劫匪们傲慢地站着。纳赫一声令下，近百名突击队员们一起开火，只不过十几秒钟，十名劫匪全部丧命，博泽身中70多弹。

同时，外面的战斗也开始了，由于乌干达士兵毫无提防，只不过几分钟时间，45名士兵全被消灭。为了防止乌干达的空军追赶，纳赫又下令将不远处停机坪上的11架苏联产的米格战斗机炸毁。

从战斗打响到结束，整个过程不到20分钟，成为解救人质的经典战例，包括美国西点军校都将其作为教材向学员讲授。

是女儿让纳赫有了超常的智慧和勇气，也是因女儿让拉宾最终批准了他的计划，批准时，拉宾这样说：“谁没有女儿呢！”航站楼中，女儿的话是最有力的召唤，又有谁不相信父亲对女儿无私的爱呢！

世间常常有奇迹发生，而其往往书写在无比厚重的父爱亲情册页中。

后记

“露茜，我是爸爸，快用希伯来语让他们全都趴下！”

女儿在生死悬于一线时，听到这句话，也许觉得父亲的到来是神灵乍现；不，或者露茜并不觉得父亲的突然出现有多么神奇，因为他是父亲，有着世界上最神圣的父爱。神圣就是奇迹，父爱就是在常人眼中不可能的事能奇迹般地发生。

“露茜，我是爸爸。”对于这位父亲来说，是智慧，是骄傲，是镇定。而当我读到这句话时，宛然它是倏烁晦冥的闪电，震撼了我们的灵魂。

父爱是沉默的，黑暗中，他不会像母亲一样说，孩子不要怕，有妈妈在。灾难面前他却会说，不要怕，我是爸爸。

捕获心灵的赏金猎人

张艳君

男人虽然铁石心肠，但只要当了父亲，就会有一颗温柔的心。

——杨格

被追捕的人不光不仇恨追捕者，而且还对其充满敬意，足见这追捕者不同一般。

出狱不久，他便引起了媒体的注意，对他进行连篇累牍地报道，甚至美国A&E电视台专门将他的故事编写成剧本，拍摄成一部真人秀电视剧。这部名字叫《猎犬：赏金猎人》的电视剧同时在美国多家电视台播出，一直高居收视率的榜首。人们不禁惊呼，他有可能成为年度最炫目的人物。他就是1960年出生于美国丹佛的杜恩·李·查普曼。

从小就想当警察的查普曼后来知道有赏金猎人这么一个行当后，很快就被吸引住了。他也真正做到了出手不凡，第一次就抓获了一个联邦调查局通缉的嫌犯，由此让他声名大振。2006年，有着十年赏金猎人生涯的他，成绩已令同行们望尘莫及。就在查普曼对订单来者不拒，并雄心勃勃地树立抓捕四千名嫌犯的目标时，他自己却出事了。

一般的赏金猎人一年可以经手80~150个案子，每成功一笔，可以拿到保释金的10%~20%的提成，许多嫌犯保释金高达100万元，也就是说成功一个案子就可能得到10万~20万美元。赏金猎人收入巨大，但是他们却每周须工作80~100小时，且无论出入地带如何危险，他们都得把脑袋别在裤腰带上去行动；被抓捕者还会雇人对赏金猎人实施暗杀。甚至危险还远远不止这些。

2007年，查普曼要抓捕一名嫌犯时，对方进行激烈反抗，他瞅准机会一脚踢去，不小心踢断了嫌犯的左腿骨，担心自己成为废人的嫌犯绝望自杀。令人意想不到的是这是一起冤案，嫌犯的家人提起上诉，查普曼涉嫌故意伤害，被判处入狱三年。

人们无不认为这次对查普曼是一次巨大的打击，也许他会另选职业。然而，在强迫自己进行高强度的劳动改造，减刑一年出狱后，他依然继续赏金猎人职业，因为他想的是自己在哪里跌倒就一定要在哪里爬起来。如何洗刷掉自己身上的污点，以全新的面貌出现在人们面前？这是他出狱以后首先要做的事。

原来十年前，查普曼将一个嫌犯抓获，正要带着嫌犯离开时，突然听到身后传来孩子的哭声，查普曼回头一看，只见一个三四岁的孩子哭喊着追了出来……孩子那撕心裂肺的哭喊声像一把利剑插在了他的心上，有多少孩子像这样成了孤儿，他疼爱地将孩子一把搂在怀里，此后，这个叫汤姆的男孩被他收养。

毕竟他没有照顾过孩子，尤其在收养第三个孩子查理后，查普曼被孩子哭闹得经常整夜不能睡觉。一个曾担任过查理幼儿园老师的年轻女孩贝丝在得知这一情况后，主动为他来照料孩子。没过多久，因为他的善良，她爱上了他。随着查普曼抓捕的嫌犯越来越多，夫妇俩收养的孩子增至23名。

查普曼出狱后，媒体从A&E电视台给他拍摄的真人秀电视剧中，已看出了一些端倪，预计他今后的路会借助善良前行。媒体的眼光一点儿也没错，再次成为赏金猎人的他很快投入到新的抓捕工作，嫌犯名叫赫克特，是一名总能逃脱的毒品走私嫌犯。那次，正在赫克特为自己再一次能成功逃脱而暗自庆幸时，想不到一个稚嫩的声音传来："你被包围了，举起你的手，走出来！"警惕性极高的赫克特听得出这是录音，立即掏出手枪，企图再度逃脱。然而就在这时，孩子们对他说："赫克特叔叔，你还想躲到什么时候？难道一直放着家中的孩子不管，最后让他们像我们一样无家可归吗？"这可不是录音，五个孩子就站在他的对面，赫克特如同被电击一般，身子颤抖着，手枪从手中滑落，整个人如同倒空了的袋子一样软了下去……

此后三年间，查普曼并不只是抓捕，他对案件进行甄别，在他的帮助下，30多名蒙冤潜逃的嫌犯被定为无罪而回到亲人身边；那些有罪的逃犯绝大多数会老老实实地认罪，由查普曼带着到司法部门服刑；一大批嫌犯因表现良好得到减刑，许多人出狱后和他成了朋友。

查普曼的名声更为响亮了，嫌犯对他由过去的闻风丧胆到充满敬畏，甚至将被他抓住当成标榜身份的一种标志：如果逃犯是由查普曼送进监狱的，那么该犯人在监狱里会拥有较高的威望。随着他的声誉日涨，竟然使得保释公司每年的赢利下降近十个百分点，只因为被抓捕归案的人少了，而主动自首的人与日俱增。查普曼说："包括我在内的赏金猎人要是有一天能退出历史舞台就是我的理想。"

2013年7月的一天，《每日电讯报》对他进行特别专访，要他用一句话概括成功的秘诀时，他说："高明的猎人捕获的不是肉体，而是心灵。"

当一个人以一颗善良的心对待他人时，即便一度迷失成了罪犯的人，也会以一颗悔罪的心灵重新回归世界，人世间由此会少了一些暴戾，多了许多温柔和谐。

抓捕最高的手段便是走心，其他地方也同样适用。这世间所有的暴力与恨，唯有爱可以化解！

孝是一条向死而生的道

清翔

事其亲者，不择地而安之，孝之至也。

——庄子

孝道是一条什么道？是一条向死而生的道。

牵挂是行走在孝道上美的精灵，牵挂是人间至真的思，至真的情，至真的爱，当牵挂变成濒临死亡时的一份至孝时，却会出现向死而生的至情至爱的奇迹。

26岁的她是江苏吴江市人，一年前，她的病情突然恶化，她对死已早有准备，自己要安安静静地去，莫悲伤，以让已为她几乎耗尽心血的父母少受一些失去女儿的悲痛与折磨。可当她连说话的力气也没有了，真正面对死亡时，还是忍不住久久闭上眼睛，任泪水恣意横流……

父母用半生的心血来抚育她、治疗她，自己却没能尽一天孝心，这就撒手而去，生育她的父母就该这样吗？不，不能这样！一定要为父母做点什么，哪怕医生说自己只有三个月的时间了！

她申请了一个微博，经过深思熟虑后，发出了一条信息："病魔让我无法自由呼吸，我不害怕死亡，遗憾的是我没能给父母留下什么，没能尽一天孝。我想捐献我的眼角膜，可是有一个请求，请他（她）每个月用我的双眼去看望一次我失独的父母……"

"上帝给了我黑色的眼睛，我却要用它寻找光明。"她是要给将处在沉沉黑夜中的父母一线光明。她的这条微博一经发出，就宛如电光石火映入人们

的眼帘，在备感刺目痛楚时，人们的心灵也受到巨大的震撼！

大家纷纷伸出援助之手，随之，是她接受采访，签署捐献志愿书……忙完这一切，她已是气若游丝。在她安心等待死神降临时，有好心人为她的父母提供了一条信息：无锡市人民医院可以做肺移植手术。就是这么一条弱弱的如萤火般的光亮，父母却将其作为爝火一般的希望之光，他们揣着女儿的病历连夜赶到无锡。

原来她患的是混合性结缔组织引发的肺纤维化病，到晚期患者会因呼吸衰竭而亡。接待她父母的是陈静瑜教授。陈教授仔细看了病历后，为难地说："一般进行肺移植的患者是由类风湿等病引发的肺纤维化，目前国内尚没有移植成功的先例。况且此病移植手术风险高，费用也至少要 50 万元……"见他们那极度期盼的眼神，陈教授又说，"你带她来看看，看看能不能拼上一回！"

在父母眼中，陈教授的话简直就是满天的光明！可上哪儿找 50 万元？为照顾女儿，他们已双双没有了工作。看来唯一的办法就是以房子做抵押去贷款。她坚决不同意，父母却铁了心要救女儿。

当晚，她在微博上写道："父母卖掉房子为筹钱动手术，可卖了房子，他们住哪儿？如果我现在离开了，他们起码有一个安身之处；如果我手术后离开了，那就把他们拖到水深火热之中了……这个房子不能卖！我唯一的愿望，是快点寻找到能接受我条件的眼角膜受捐者，然后安心离开。请求大家帮帮我！"是的，她已是一心向死，只想在到达生命终点前，铺一条没有女儿同行、能让父母蹒跚而行的路。她叫陈婷。

孝行的道从来都是一条康庄道，陈婷的这条微博被一位多年从事慈善事业的网名叫"老猫爱生活"的网友偶然读到。那字字泣血，每一个字呈现出山一般高、海一样深的孝心，让"老猫爱生活"彻底震撼了，当即飞快地在微博上留言："我来帮你！请把你的联系方式告诉我。"然而一整天过去了，没有回音。善心生智的"老猫爱生活"很快意识到陈婷病危，已不能回复了。

次日一大早，陈婷的病房中来了一位中年女子，她就是"老猫爱生活"。她曾经救助过一位患同样病的女孩惠妮，不幸的是,50万元手术费还没筹齐，惠妮就含悲离开了她无比留恋的人间。绝不能让惠妮的悲剧重演,“老猫爱生活”果断地对陈婷的父母说:“先送无锡准备移植。钱,由我来筹！”

在“老猫爱生活”的热心帮助下,很快就收到爱心捐款20多万元。同时,无锡市医院、无锡市红十字会,无锡市政府,也都伸出热情善良之手,短短几天,筹得的善款就达30多万元。陈静瑜教授还为陈婷争取到外地治疗的医保报销,肺源也幸运地找到了……

手术移植非常成功,半个月后,陈婷回到普通病房,面对父母和医生,她说的第一句话就是:“自由呼吸的感觉真好！谢谢医生,谢谢所有好心人……”陈教授欣喜地对她说:“不用谢我们,是你的孝心救了你！”

古人言:“动天之德莫大于孝道。”“孝道”是一条光明道,一个一心求死只为尽孝的人,会感天动地。百善孝为先,孝道是我们立人的基石。

百善孝为先。每一个人都应遵从孝道,这是立身之本。一个没有孝心的人,是没什么大出息的。

父亲不是百度

罗光太

父亲和儿子的感情是截然不同的：父亲爱的是儿子本人，儿子爱的则是对父亲的回忆。

——欧洲谚语

小时候，我很崇拜自己的父亲，觉得他无所不能，只要我搞不定的事情，询问他一定会有解决的办法。

父亲是一名建筑工程师，设计、绘图、预算、施工、结算，每一样他都亲力亲为，参与建设了很多优质工程。我很为自己有这样能干的父亲骄傲。我会指着路边的高楼对别人炫耀："这房子是我爸爸建的。"

那时，我容不得别人在我面前说父亲的任何不好。我想，很多人都有过这样的经历吧，我们爱着自己的父亲，他是我们年少时心中的神，是比百度还无所不知的能人。

可是随着年纪渐长，在学校读了十几年的书后，有一天我突然发现，父亲其实也很平凡，甚至只是一个平庸的中年人。他一样有很多不知道的事情，甚至有些字不会写还得问我。那些字并不难，可是父亲居然不懂。他怎么能够不懂呢？我非常吃惊，心里第一次对父亲的无所不能产生了怀疑。

电脑普及后，我们家也买了一台。在我看来，电脑操作是一件再简单不过的事情了，可是父亲居然要花钱去学。"自己买本书翻翻就懂了，很简单的。"我说得轻描淡写。但父亲摸着鼠标，在桌子上划来划去，却怎么也不懂如何"复制""粘贴"。他还是去电脑培训学校报了名，足足学了三个月，每天晚上风雨无阻准时去上课。

学有所成的父亲终于可以独立操作电脑了，可是打字慢，最烦人的是有很多字他不会拆，更是打不出来。他很虚心，不会就问，但我却是头大。有一天晚上我在家写文章，他竟然在半个小时里问了我十几个字，搞得我一肚子怒气，连构思好的文章都没心情写。“你上课都干吗啦？什么都不懂。”我埋怨他。父亲涨红脸，支吾着说：“老师讲课太快，确实有很多地方听不懂。”

看着站在我面前窘迫的父亲，我的心突然就疼了一下。现在的他，站在我面前再没有了过去的那种威严。在他垂下头时，我还注意到了他稀疏的发丝中夹杂的缕缕白发。父亲老了，这是最让我难过的感受。

我深吸了一口气，静下心来，坐在父亲身边，对着书本，手把手教他那些他怎么也弄不懂的操作程序。这样的情形我很熟悉，只不过角色换了。小时候的我是个比较笨的孩子，学写一个“手”字就用了很长时间，我还特别搞不明白鸡和鸭为什么要装在一个笼子里，那些东西跟我有什么关系？我为什么要花时间去算它？6+6为什么就等于12，不可以是13吗？那时，父亲忙了一天回来后，总是会先教我写作业，然后再去画他的图纸。荧亮的台灯下，父亲循循善诱，一步步开导我对数字的认识。他会握住我的手，一笔一画教我写字。我这个笨儿子最后能够成为班级里最优秀的学生，全靠父亲长期耐心的辅导。那时对父亲的依恋和崇拜，就是这样一点点积累起来。

我长大了，父亲却老了。面对日新月异的电子产品，他好奇却心有余悸，他不知如何使用，有太多新奇的东西他没见过。但我能感觉到父亲的挣扎和不服老，年轻人流行的东西，他都有兴致了解，却又找不到头绪。我也感觉到了父亲对我的依赖，就像小时候我依赖他一般。在我面前，他总是“不耻下问”，毫不掩饰自己知识的贫乏和落后。他说：“你是我儿子，教教我应该的。”

现在有很多的事情，父亲都要先来征求我的意见。如何办银行信用卡，要不要办，办了如何使用，安全吗？社会保障卡可以当医疗卡使用吗？防火墙和金山毒霸一样吗？太多太多的事情父亲居然都不懂。

父亲还是原来的父亲，我也依旧是他疼爱的儿子，可是父亲却又真的改变了,他不再是我心目中百度一般无所不知的神奇父亲。反倒是我,常常在为他排忧解难后,他会用一种欣赏的口吻对我说:“儿子,你真厉害,什么都懂。”有崇拜,有欣喜,还有不想掩饰的骄傲。

成为让父亲骄傲的儿子是我小时候的目标,我一直很努力在实现。看着日渐苍老、头发花白的父亲,面对他问这问那时,我终于明白:父亲不是百度,儿子终有一天也会成为他的搜索引擎,但父亲永远是我心中最伟岸的一座山。

父亲在我们年少时总是神一样的被敬仰和膜拜。岁月长河,我们不断成长,也不断地发现父亲的沧桑,父亲的平凡。后来发现,我们的成长中总是有父亲的影子,山一样的影子,海一样的痕迹。

一个人的操场不寂寞

阿杜

夫妇和而后家道成。

——《幼学琼林·夫妇》

1

读初三时，为了避开老是吵架的父母，我决定到学校住宿。

当我把这一想法告诉老妈时，她先是一愣，然后久久地盯着我，眼泪止不住地滑落。我吓了一跳，老妈可是个厉害人物，每次和老爸唇枪舌剑，她总是胜利者，现在居然哭得像个受尽委屈的小孩，我真是意想不到，于是安慰她："我只是去住校，每个周末都会回家的。"

"是不是妈妈做得不够好，让你想离开？"老妈急切地询问。

"没有啦！我只是想学着独立，再说初三作业多，时间很宝贵。还有，你们不是希望我多锻炼吗？学校有操场呀，方便。"我说。

其实我没说实话，在家里，我最烦的就是听到她和老爸吵架。每次他们一开战，我就特别惶恐，没心思学习。很多时候，我都想不明白，以前家里穷时，一家人其乐融融，而现在日子好过了，他们反倒经常吵架。老爸每次吵输了就采用"冷战术"。而老妈呢，总为些鸡毛蒜皮的小事挑起"战火"，弄得家里纷争不断。

老爸下班回来时，老妈还在泪眼婆娑地劝我不要住校，可这次，我铁了心。我希望我不在家的时候，他们能够反省一下自己，还我一个充满欢乐的温暖的家；另一个重要原因，是我确实想锻炼一下自己的独立能力，事事总依赖父母，我怕以后什么事都不会做。

老爸听完老妈的哭诉后看了我很久，然后用有些沉重的语气问我：“你都想好了？”

我点点头，思忖片刻，说：“嗯，想好了。”

2

住校生活的第一天夜里，我就久久不能入眠，想父母，想他们会不会又吵得不可开交，想着，泪水就流到嘴里。

父母爱我，他们为我所做的一切我都明白，我也爱他们，但我讨厌他们吵架，我害怕他们吵着吵着，有一天分道扬镳。记得有部电影，里面的一句台词让我印象深刻“再好的感情都经不起吵，吵多了就会淡。”当主人公面对破碎的家庭说出这句话时，我感同身受，泪水涟涟，害怕我的父母也会这样，我不想成为单亲家庭的孩子。

想了很多法子都感觉不妥，只能出此下策。我根本就不想住校，睡眠很浅的我，稍有动静就会被吵醒，然后望着蚊帐顶了无睡意。可我不想打“退堂鼓”，无论如何，我要学会照顾自己，亦希望自己能够想出调解父母紧张关系的好办法。

天蒙蒙亮时就有同学起床，床板的吱呀声惊醒了我。躺在床上，我一时不知身在何处，内心一阵恐慌，待明白自己已经住校时，我又莫名地开始想父母。不知我离开家后的第一夜，他们是不是也和我一样难以入睡。我以前从来没有离开过父母独自在外过夜,连去亲戚家过夜也没有。

同学拿着书本去教室晨读时,我却独自去了学校的大操场。晨曦下的操场空荡荡的,微凉的晨风扑面而来。我漫无目的地绕着操场向前跑,脑海里又浮现出在家时妈妈催我晨起的场面,她总是那么急促地敲门,然后大嗓门地叫:“起床啦!要迟到啦,赶快起来吃饭!”在我睁着惺忪睡眼打开房门时,老妈又急急地把我往卫生间推,“去去去,洗把脸人就清醒了。”她每天总是精力旺盛,和懒洋洋的老爸完全不搭调。

“萍萍,你的早餐。”一声熟悉的呼叫传来时,我惊了一下,然后转过身四处张望。“萍萍,我在这,围栏外。”我把目光顺着声音传来的方向望去,镂空的围栏外,老妈正兴冲冲地朝我挥手。

我赶紧跑过去,望着一头大汗的老妈不解地问:“妈,你专程跑来给我送早餐吗?”“不是专程,你知道我有晨跑的习惯,现在只是改变一下路线而已,一举两得,多好。”老妈说。我知道老妈爱锻炼,但从家里到学校少说也有两公里,她这一来一回,得多累呀。再说……我突然想到,老妈怎么那么肯定,我会在操场上呢?我道出了心中的疑惑。“你自己说的,学校有操场,方便锻炼,所以呢我就过来看看,你到底有没有锻炼呀。”老妈乐呵呵地说,然后很开心地表扬我:“不错,第一天你就没有食言。”

看着老妈一脸的笑容,我心里暖暖的。在我感激地望着她时,老妈又急急地说:“今天早餐是你喜欢的花生浆,还有牛肉包子,跑完步要休息一阵才吃,我先走啦!”还没说出对老妈的感谢,她就远远地跑开了。

3

我想晨跑锻炼,但一次次被自己的各种借口拖延。虽然老妈硬拉我起来晨跑过几次,但我冲她发脾气、耍赖,她最后只好作罢。

对着镜子里自己过分丰满的身体,我终于在搬进学校住宿后开始实施晨

跑计划。第二天，第三天……每个被惊醒的早上，我咬着牙爬起来，踏着薄雾跑进大操场。我知道老妈一定会在操场外的围栏边等我，给我送美味的早餐。

最让我欣喜的是几天后，那个比我还懒的老爸，居然也加入了晨跑的行列，而且他是陪着老妈一起跑来给我送早餐。

望着满头大汗的父母，我特别高兴，我不是一个人在跑步，虽然操场上只有我一个人，但我一点也不寂寞，因为父母在陪我。那是我想看到的画面：父母一起锻炼，他们并肩奔跑。

周末回家时，老爸把我单独叫到了阳台，他开门见山地问我搬去学校住宿的真正原因。我犹豫了一下，然后还是直言不讳地说了出来。他们毕竟是我的父母，我不想隐瞒。

“真如我猜测的一样。”老爸轻声自语，灯光下的脸，不觉地泛起了红晕，然后望着我说：“萍萍，你放心，我们会处理好这件事。”

那天晚上，家里的氛围很好，我们一家人坐在一起吃饭，老妈说话变得柔声细语，也没再挑老爸的刺，而老爸也表现得不错。望着笑脸盈盈的父母，我感觉很幸福。这是我想要的温暖，我希望这样的场景一直都能够存在。

4

一个人跑操场渐成习惯，而父母也都坚持每天跑来送早餐。我们仨约定好了，除了下雨天，我们就在操场上见，我在里面，他们在外面，但那短暂的见面时间于我却是弥足珍贵的，我知道，父母都很好，他们没再吵架。

每一天我都精神抖擞，晨跑让我锻炼了自己的毅力，最可喜的是，多余的肉在不知不觉中慢慢少了，身体却越发的好，我再也不害怕上体育课了。

一年的住校生涯，我确实比过去独立了，也学会了和别人相处时的谦让和包容。最让我开怀的是父母也学会了包容，每次周末回家，我都没再听到他们吵架。和睦的家庭气氛让我信心倍增，觉得自己所付出的一切努力都充满了意义。

重点高中的录取通知单寄来时,父母比我还高兴。我望着喜笑颜开的双亲,心里感慨万千:谁都会有缺点,但能够为了自己所爱的人努力做改变,这是多么伟大的事。

因为爱,我们变得宽容和豁达;因为爱,我一个人的操场再也不寂寞。我知道父母永远会陪着我——我从来都不孤单。

美国文学之父华盛顿曾说让孩子感到家庭是世界上最幸福的地方,这是有涵养的大人明智的做法。这种美妙的家庭情感,在我看来,和大人赠给孩子们的那些最精致的礼物一样珍贵。因为孩子,父母愿意为一切讲和。

一生的兄弟

龙岩阿泰

兄爱而友，弟敬而顺。

——《左传》

1

父亲病逝后，经人介绍，母亲带着七岁的我改嫁。那个男人，我看第一眼，就不喜欢。他消瘦的脸上堆满笑，那笑，很生疏，让我抗拒。望了一眼他深陷的眼窠，我就躲到母亲身后。

母亲让我叫他爸爸，我低下头不吭声，手却更紧张地抓住母亲的衣襟。他走过来说："不碍事。"随后摸了摸我的头，指着屋子里一个瘦高的男孩对我介绍："他叫王小帅，是我儿子，今年九岁，以后就是你哥了。"我厌恶地拂去他的手，目光却瞥向那男孩。他也正望着我，眼中满是欣喜。我没说话，倒是母亲很热情地走过去握住他的手说："小帅，真挺帅的。"他一直微笑着，任由我母亲握着他的手寒暄。他有一双好看的眼睛，温润、晶亮，透着笑意，只是他的脸脏兮兮的，头发乱得像没有折叠整齐的被窝。看着他滑稽的样子，我禁不住

“扑哧”笑出声来。看见我笑，他也乐了，走过来拉住我的手。

那是我和他的第一次见面，彼此之间有一种莫名的亲近感，仿佛冥冥中早已注定的兄弟情缘。我喜欢他脸上温暖而羞涩的笑容，喜欢他牵着我的手时开心的样子。我叫他小帅哥哥，他叫我弟弟。

2

我见过很多哥哥都会欺负自己的弟弟，但小帅哥哥不会，他总是顺着我，维护我，把好吃好玩的都留给我，给我讲一个又一个精彩的故事。

我最喜欢每天放学一起回家时，他一路上搂着我的肩膀走，边走边给我讲笑话，乐得我哈哈大笑。我喜欢那种感觉，很快乐，很踏实，那是一路充满欢声笑语的归程，直至今日，我依然还记得那时候天很蓝，在跳跃而明亮的阳光下，他灿烂的笑容，和他额头闪着亮光的汗珠子。

小帅哥哥的母亲在他六岁那年跟一个外乡人跑了，听邻居说，继父爱喝酒，一喝就醉，醉了就会打老婆，他的母亲是被继父打怕了才跟人跑的。他知道这些事，每次面对别人同情或可怜的目光时，就会久久地低下头抿着嘴不语。

在我和母亲来之前，他常常一个人在家。孤单的夜晚，写完作业后，找不到人说话，他就看童话书。他的零用钱都用来买书，他说，他喜欢看书，只要有书看他就不会觉得孤单。他说话时，眼中有泪光闪动，脸上会呈现出一种与他年纪并不相符的落寞。我明白他的心情，父亲病逝后，虽然我还年幼，却也知道没有父亲的孤单。我握住他的手，贴在胸前说：“小帅哥哥，以后我们做伴，你不会孤单了。”他紧紧地把我搂在怀里，我能听见他“怦怦”的心跳声音。

或许我们都是孤单的孩子吧，有种相依为命的踏实感，整天形影不离。他在外人面前不爱说话，就是面带微笑看着别人，只有我们在一起时，他才会有说不完的话。他对我的母亲也特别依赖，母亲对他的好他全明白。他很乖巧地叫我母亲“妈”，而我却怎么也接受不了他的父亲。

继父在家时，我们都很安静，他不喜欢我们吵吵嚷嚷的，说很烦人。刚开始的一年，四个人的日子倒也过得平静。继父是货车司机，长期在外面跑，有时一出去就是十天半月，他不在家的日子，我总是特别欢喜，这样我和他可以尽情地玩。他带我去河边折纸船，让一艘艘满载我们期望的小船顺着水流向未知的远方。我们在草地上翻跟头，打滚，或者背靠背地坐着，有时也并排躺在草地上一起看如火如荼变化莫测的火烧云，我们一起唱歌，一起冲河对岸大声疾呼，把河里游荡的鸭子都惊得四处逃散……

那是一段平常的日子，而于我和他却并不平常，那是我们生命中真正交集的一年。

3

我一直以为这样的日子会永远重复下去，以为他有了我母亲的照顾后就会渐渐遗忘他的生母。然而，我想错了。亲情是无论如何也割舍不断的。他快乐的表面背后，其实还有自己的哀伤。他常常会想念他的母亲，在睡梦中泪湿枕巾。

当我知道这件事时，心里别扭，感觉母亲的付出很不值得。对他再好，毕竟是别人家的孩子，很难真正贴心。他的生母跑出去五年后回来了，那个带她逃跑的男人，最终还是抛弃了她。他抱着他的母亲痛哭流涕，继父沉默着，一根接一根抽烟，我和母亲尴尬地站在屋子里，不知如何是好。

自从他的生母回来后，我和他的距离就拉开了。是我在避开他，我不知该如何面对。每天，我都一个人跑到河边，坐在草地上，孤单地仰望着头顶灰色的天空默默流泪。他来找我，我没理他，固执地不再和他说话。

母亲终是带着我离开了。原来她和继父并没有办结婚登记，在法律上是不被承认的。依旧住在一个小城，依旧在同一个学校念书，但我们再也没有一起回过家。我们已经不是一家人了。

课间时，他会到教室来找我，邀我放学后一起去小河边。我淡漠地瞥他一眼,什么也没有说。我真的希望我们是兄弟,但缘分如此脆弱,那维系在我们之间的关系结束后,我们只是陌生人罢了。

我沉浸在自己的忧伤中,不肯自拔,亦不肯原谅他的背叛。他说过,我妈妈是最好的妈妈,我是最可爱的弟弟,但当亲情较量时,他还是背弃了我们。

4

放学的路上,他早已等在大树底下。看见我出现,他欢喜地奔跑过来,牵着我的手叫:“弟弟!”我冷冷地缩回手,低头不语。他见我这样,脸在瞬间涨红,支吾说:“弟弟,别这样对我,给哥哥一个说话的机会好吗?”说着,他的手又习惯性地搂在我的肩膀上。

我仰起头,瞪视他,眼中噙着泪。“弟弟,是我的错,但她是我亲妈,我不要她,她就无家可归了,不是吗?”他说,情绪起伏很大,眼泪禁不住滑落下来。

我一直抿住嘴,倔强地不肯说话。

“弟弟,无论如何,你都是我弟弟。”他说,然后再次把我搂在他胸前。我挣扎着,从他怀里挣脱出来,跑得远远的,再也不敢回头。

课间操时间,我们也会在密集的人群里相遇。每次看见他,我故意把目光转移,在他没注意我时,我又会久久地盯着他熟悉的背影愣神。他依旧那么瘦,头发剪短了。他站在他们班的队伍前面,穿着绿色的上衣,黑色的裤子,远远看去,就像春天里一棵朝气蓬勃的小树。

我已经看得懂他曾讲给我听的童话故事,自己也养成了每天写完作业后就看课外书的习惯。我告诉自己,一定要超过他。只是脑海中,时常会浮现出他那双好看的眼睛,那么清晰,仿佛生了根似的,怎么也无法忘记。

两年后,妈妈再次带着我嫁人了。新继父家在城郊,附近有小学,我不得不转学过去。知道自己要离开那天,我偷偷地跑到他的教室外面,站在窗户边看他。他正聚精会神地听老师讲课,手里握着笔。看着他,泪水模糊了我的视线。跑着离开时,我终是哭出了声,仿佛山崩地裂一般。那一天,阳光灿烂,可我却觉得浑身颤抖，连心都在抖动。

再见了，小帅哥哥。我在心里默默地与他道别。我不知道，这次离开后，我们还会不会再相遇。只是好几次，我都在梦中看见他，看见他笑脸盈盈地给我讲故事，看见他流泪的眼睛……

我怎么也忘不了，那年夏天，在跳跃而明亮的阳光下，小帅哥哥灿烂的笑容和他额头闪着亮光的汗珠子。

我一直都相信人与人之间的缘分，我和小帅哥哥就是这样，因为父母的再婚而成为兄弟，又因为父母的婚姻而分开，但既然命运让我们相遇了，我们就会珍惜这份情缘，无论我们是否还能遇见，我们都是一生的兄弟。

缘分是奇妙的，茫茫人海中我们相遇相识相知，又在茫茫人海中分离。唯一留给我们的就是我们在一起的回忆，我们唯一能做的就是好好安放这段美好情缘。

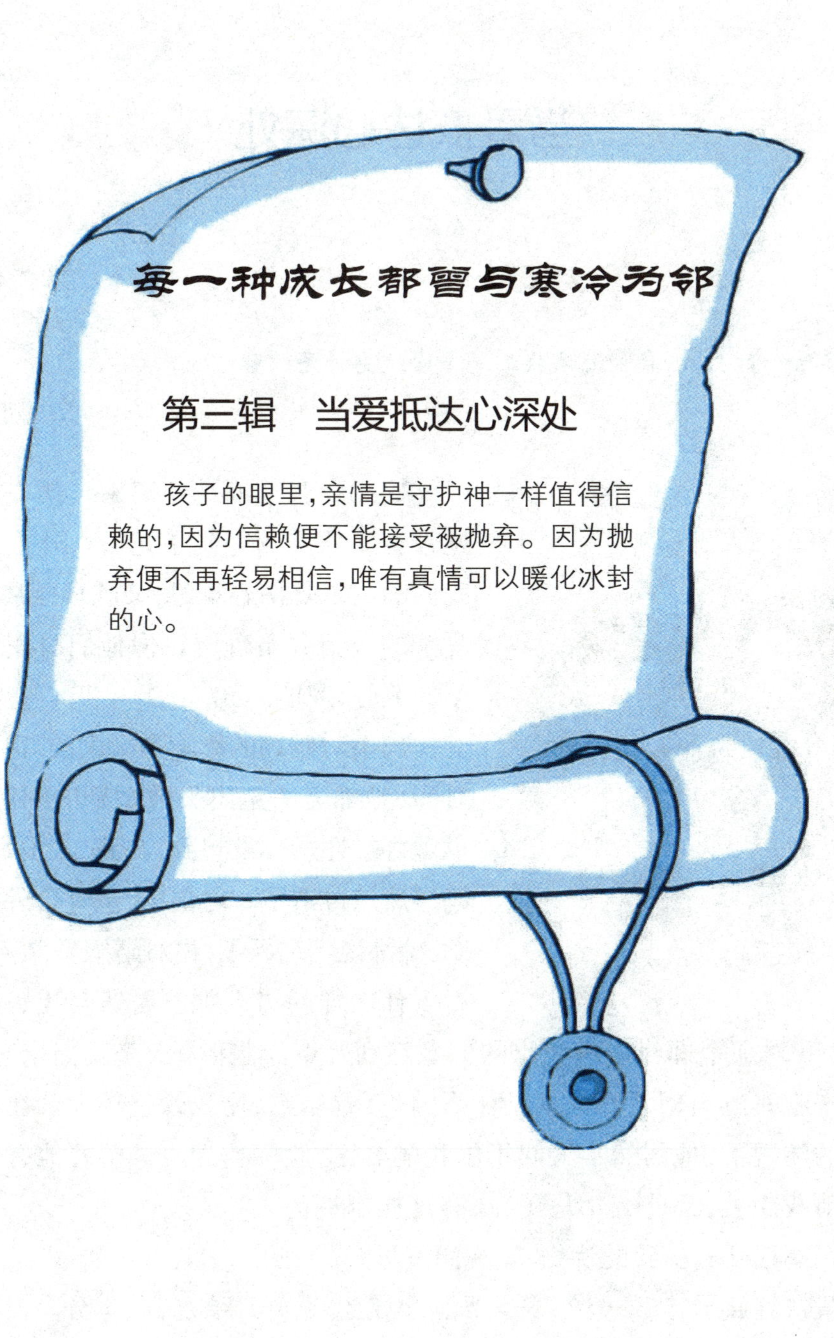

第三辑　当爱抵达心深处

孩子的眼里，亲情是守护神一样值得信赖的，因为信赖便不能接受被抛弃。因为抛弃便不再轻易相信，唯有真情可以暖化冰封的心。

当爱抵达心深处

太子光

父亲！对上帝，我们无法找到一个比这更神圣的称呼了。

——华兹华斯

妈妈在我七岁那年离婚，伤心欲绝的她带着我从广州回到了龙岩。外公外婆对我们的回来既伤心难过，又欣喜异常。那种复杂的心情我不理解，但他们对我无微不至的关心，我能感知。

离婚对妈妈的影响是很大的，很长一段时间，她都无法走出失败婚姻的阴影，对人也是百般怀疑。没想到，在我12岁那年，妈妈居然想再婚了。之前，无论外公外婆怎么劝，她都说不结婚了，说对婚姻恐惧。

什么样的男人呢？居然会让妈妈一改初衷。我对那个即将走进我家的男人感到好奇。他第一次来我们家时，只看见第一眼我就失望了。也不是什么帅哥，看年纪，比我亲爸还大。在我充满敌意的注视下，他居然半天叫不出我的名字，脸涨得通红。望着他有些慌乱的表情我想笑，都什么年代了，还有这样木讷的人。

妈妈很开心。我的忧伤，她视而不见。

我快气疯了，连外公外婆也帮他，说他怎么好，人又怎么本分。没有人在乎我的感受，他们都在为妈妈的婚事忙碌。在妈妈的婚礼上，我孤单地坐在角落里闷闷不乐。

“怎么不向你妈妈祝福？”外婆搂着我问。

望着外婆慈爱的脸，我难过地低头不语。在外婆宽慰我时，他牵着妈妈的手走过来了。可能是喝了酒的缘故吧，他黝黑的脸潮红一片。

“佳文，叔叔不大会说话，但叔叔会待你们母子好的。”他说。我瞥了他一眼，把目光转开。我亲爸都不要我了，你能待我有多好？

“你这孩子，怎么不懂事呢？”看我不理他，妈妈埋怨我。

“妈，你是不是现在就开始嫌我碍事呢？”我瞪着她问。

“这孩子……”妈妈欲言又止。

外婆忙把我拉了出去。我伤心地对外婆说：“你不会也不要我吧？”外婆笑呵呵地说：“怎么会呢？你是我的宝贝孙子。但是，你得明白，每个人都有权利选择自己的人生。你不能阻止你妈妈去追求自己的幸福，你要祝福她，让她开心……”外婆絮絮叨叨说了很多，那些话，我都明白，但心结难开。

在家里，我不理他。他叫我时，我故意装作没听见，或是倔强地扭过头不看他。妈妈骂过我几次，说我不能这样对待他。我不听，还重重地把房间门关上，一个人躲在里面伤心。我想念我亲爸，但他一直没给我打电话，而且我早就知道他已经再婚，又有自己的儿子了。

我想过离家出走，但我没有勇气，只能天天在家闹情绪。

他每天早上都会起来准备早餐。早餐很丰盛，花样翻新，可是我不领情，以为这是他故意讨好我的小伎俩。

他在超市开货车，休息时，就在家里搞卫生，但这样婆婆妈妈的男人我不喜欢。

我总会偷偷地观察他的一举一动。有一次发现他在打电话，语气很温柔，像是在对一个孩子说话。我还注意到他渐渐濡湿的眼角。他没想到我会在家，看见我出现在客厅时，他显然吓了一跳，匆忙间就挂断了电话。

他叫我，我盯着他，没说话。他的脸又涨红了，自言自语地说："是我儿子打来的。"才想起，外婆说过，他也是离过婚的男人，有一个比我小一岁的儿子在他前妻那里。

"为什么不让他来玩？怕我欺负他吗？"我说，心里对那个素未谋面的男孩子很感兴趣。"他在另一个城市，他妈妈不让我们见面。"他的语气有压抑的伤感。

"再打给他吧！他肯定等你的电话等了很久。"说完，我进了房间，还把门锁上。躺在床上，我的泪就滑落下来。他会想念他的儿子，但我的爸爸为什么就不会想念我呢？这么多年居然连一个电话都没有。我也不敢问妈妈，她不让我提起爸爸，以前问她时，她会生气地打我，还哭天抹泪，说我不争气。

他敲门进来时，我还在流泪。看见他，我故意转过身去，背对他。

"佳文，你也在想你爸爸，对吗？给他打电话呀！"他说。

我不吭声，泪依旧流淌。

"是怕你妈妈生气吗？"他坐在床沿，把手放在我肩膀上。

"你为什么离婚？你想过你儿子有多难过吗？"我气愤地质问他。其实，这些话，我一直想质问我自己的爸爸，但没有机会。

他深深地叹了口气，没说话。一会儿，他走了出去。

后来外婆告诉我，其实他和妈妈一样，都是被人抛弃的。他的前妻嫌他太老实，嫌他木讷不会挣钱。

知道他的事情后，对他，我有了一种莫名的同情。我觉得他也是挺可怜的。

因为对他的同情，我和他说话时，也就客气了一些。他对我的好我能感知。我是个敏感而早熟的孩子，别人对我的态度我能猜出真假。

或许，他是想他的儿子太急切了吧！感觉得出，他把这一腔的爱和热情都给了我。他对我的关心无微不至，他甚至于天天在我早上离开家去学校时，久久地伫立在家门前。有一次，我偶然回头，看见他正默默地望着我。那眼中的热切目光我很熟悉，他每次看他儿子的照片时，都是这样的眼神。

我一直很好奇他的儿子，只有我们俩在家时，我就会询问他。说起他儿子他就神采飞扬，滔滔不绝讲个不停。

“为什么不去看看他，或者把他接过来住？”我问他。

“我——”他含糊其词，然后叹气。

“真没用！怎么会有你这样的爸爸，想念他，为什么不让他知道？”我说，自己却流了泪。我想起了我的爸爸，我不知道，他会不会想念我？很多年没见面了，我都快想不起他的样子了。

看见我流泪，他慌了，抓着我问：“佳文，怎么了？”

“我想念爸爸，我快想不起他的样子了。”我哽咽着说。

他一把把我抱在怀里。这个铁一般的男人，上次车祸时，脚伤成那样，他都没哼一声，这次却在我面前痛哭流涕。

他对家里每个人都很好。妈妈的快乐显而易见，她不再整日绷着脸；外公、外婆因为妈妈重新有了归宿，也重展笑颜。看着家里人的笑脸，看着他们轻松愉快的表情，我深深地感激他。我知道，这一切都是他的功劳。我不知道他的儿子是否有我幸运，可以遇见这样一个不错的继父？

他会邀我一起出去散步，会和我谈论关于人生大大小小的事情。很多时候，我都感觉他像个贴心的朋友，能读懂我的心事。

就连我感情上的困惑，他都能看得出来。有段时间，我喜欢上了一个高三的女生，但那女生拒绝我了。这样的事我不敢跟任何人说，怕被嘲笑。

看我整天无精打采，他知道我一定有心事。妈妈不在家时，他问了我。“没什么，别管那么多。”我心烦意乱地说。“不是说过了，我们要当朋友。”他低低地问。“你不会理解的，跟你说了也没用。”我大声嚷嚷。

他静默了，眼中闪过一丝黯淡。

“对不起！不是因为你。”看他这样，我解释说。

“我只是希望你能开心些,如果我能帮上什么,我都愿意。”他说,然后转过身去了厨房。隔着玻璃门,我看见他在里面忙碌。

“吃碗热汤面吧,很辣的。”一会儿,他端了碗面出来。

我曾对他说过,我心情不好时,最需要一碗热汤面,辣辣的,吃过后出一身汗,然后就没事了。原来,我随口说过的话,他都一一记在心里了……

我们一直这样平淡地相处, 彼此之间没有发生过什么感人至深的事情,但他细腻的爱却像一条涓涓细流慢慢地抵达我心深处,汇聚成一片辽阔的海洋!

孩子的眼里,亲情是守护神一样值得信赖的,因为信赖便不能接受被抛弃。因为抛弃便不再轻易相信,唯有真情可以暖化冰封的心。

月亮的光芒

李莉

环境影响人的成长，但它实在不排挤意志的自由表现。

——车尔尼雪夫斯基

1

我是陈晓星，我的姐姐叫陈新月。我一直佩服我爸取名有预见性，大我两岁的姐姐开朗、漂亮，如同一轮明月，而相貌普通、性格内向的我就是明月旁的一颗小星星。

姐姐喜欢唱歌跳舞，成绩优秀，朋友很多。我喜欢静静看书，悄悄写作，朋友很少。父母很担心我，总是对姐姐委以重任："新月，你要是去玩，就带上你妹。你要带妹妹多接触人，她这样一天到晚窝在家里，性格要自闭的。"要不就是："新月，你教妹妹唱歌嘛，她一天到晚不吱声，这性格不好。"这些话，让我听出父母的担心，也让我感到自己性格有缺陷。

可人的性格仿佛天定，人的爱好本不同，我不喜欢变成姐姐那样，哪怕她很优秀。

我愿意做一颗安静的星星。

可是，有件事真的刺激到了我的自尊，让我看到自己在父母心里的位置。

高中那会儿，学校组织了文娱社，我姐被老师推荐参加了。回到家，她高兴地对爸爸说起了这事。

爸爸喜上眉梢，然后问："你妹参加没有？"

"没有，这是老师推荐的。"姐说。

爸爸沉吟一会儿，眼一亮，对姐说："这样，你对你老师说，让老师也让你妹参加，就说是搭一个嘛。如果老师不同意，你就说你不参加了。"

爸爸无心的话让一旁的我心里一凉，我什么时候变成"搭头"了——我们那儿卖菜的，喜欢将好卖的菜"搭"点不好销的东西一起卖，原来我在我爸心里，就是那"滞销货"，需要同优秀的姐姐"搭"在一起才能推销出去。

"我不去。"我瞪了他们一眼，转身回到自己的屋里。

"对她好，她还来脾气了……"爸爸不解的声音传来。那种猝不及防的挫败感，让我的泪一下涌了出来。

为了避免姐姐的光芒刺伤我，我开始疏远姐姐。

好在姐姐读大学了，尽管她总打电话来汇报她的进步，可是毕竟距离我远了，我可以暂时淡忘她的优秀。

两年后，在我填高考志愿时，父母希望我报考姐姐读的学校，理由是，我姐现在已是学生会的主席，她好关照我。

尽管不愿意，但我还是顺从了他们，又当了我姐身边的星星。

父母送我到学校时，当着我们姐妹的面，对我说："你在学校，对别人介绍自己时，一定要说你是陈新月的妹妹，这样别人就会对你刮目相看了，以后机会也会很多。”他们没注意到原本笑意盈盈的我，神色又暗淡下来。

那个陈新月的光芒没照耀我，我却活在她的阴影中。

2

住校的生活，让我能静下心来看书了。我也试着写文章。

学校出版一本校刊，我盼望自己的文字能出现在上面。

有时我想，如果我在投稿时，附言中遵照爸爸的设计，写明我是那个名扬全校的陈新月的妹妹，会不会就能顺利见刊？

但是，这不是我的性格。我要凭自己的能力，绽放出自己的光芒。

我没托我姐给别人打招呼，没给自己贴名人之妹的标签，便将我用心写的文章投了出去。

两星期后，当我见到班长领来了崭新的校刊时，我的心“怦怦”直跳，装着漫不经心地拿过校刊，慢慢翻看，猛地心里一热——我写的那篇文章就在上面，我的名字就在上面。

一直觉得暗淡的自己，原来竟不是那么差。我幸福得有些眩晕，内心酸楚而又满足。

但是，我没有急着打电话给父母报喜，没有告诉姐姐这事。我想他们也不会在意我取得的这小小的成功吧。

第二天，我到学校的花园里静静地看书，身边有几个女孩在大声议论着。一个女孩说：“你认识陈晓星不？校刊上她的那篇文章写得真好。”另一个女孩说：“写得真的不错，我读了很多遍，最经典的那几句我都快要背下来了……”然后，她竟一字一句地背出我写的一些句子，那种被人认可的喜悦弥漫全身，又听一人插话：“听说她是陈新月的妹妹。”我心酸地笑了，原来我真的被贴上了这一标签。不料，那俩女孩同时说：“陈新月是谁？”

猛然间，如醍醐灌顶，我的心豁然开朗，原来，也有人不认识姐姐，我也有自己的粉丝。星星完全可以发出自己的光，而且这光可能更迷人，更有感染力。

她们的一席话，让我从姐姐和家人给我的阴影中彻底走出。我含泪而笑。

我感激地看了一眼旁边的三个粉丝，那一瞬间，我记住了她们的样子，因为她们可能会改变我的一生。

在她们那不经意的鼓舞下，我开朗了，也有了自信的笑容。

我的文章不仅见诸校刊，也开始刊登在全国的报纸杂志上。

我交了很多爱好文学的朋友。

星星，开始绽放出自信的光芒。

但是，面对着亲人，面对着姐姐，我仍无法释怀。我发表的文章，从不给他们看。

他们不会认为我优秀，他们，只看重那个能歌善舞的新月。

他们从不知道，陈晓星也会放歌，只是，她是用自己的文字。不是所有的旋律都有声音，这世界，表现美的方式多种多样。

姐姐依然那么关心我，她总是到我宿舍来嘘寒问暖，有时，她会给我带来一些她买的书。那都是她不爱看的书，我知道，是她特意为我买的。

我心里的块垒在她春风化雨的关怀下，渐渐开始消融。

3

姐姐要参加工作了。假期里，为了庆祝姐姐找到工作，爸妈让姐姐请了她的好友到家里吃饭。

姐姐的人缘真好。一下子，家里来了十多个她大学时的朋友，大家齐聚一堂，热闹非凡。

我也真心为姐姐高兴，帮着爸妈招呼客人，不料，在客人中，我竟见到那三个女孩。我有点傻眼，那三个，我一直都忘不了，她们不经意的话，让我明白自己有多优秀，让我明白，我也有自己的粉丝。

如今，我的疑似粉丝就在身边，其中两个还说自己不认识姐姐，可她们同姐姐在一起玩笑时，我看出她们本是好朋友。

我给她们递上削好的苹果，脸上有藏不住的困惑。

她们见了，乐了。

其中一个说："晓星，你现在快成作家啦。你真了不起，难怪你姐一直以你为荣呢。"

什么，我这么优秀的姐姐竟以我为荣？我诧异极了。

"我还记得你在校刊上发表第一篇文章时，你姐在宿舍里的那个高兴劲儿。她一直在读你的文章，一遍一遍地读，读得我们全宿舍的人都能背你的文章了。她还说，她妹妹很优秀很优秀，只是这种优秀没被完全开发，如同一块没打磨的美玉。"

我真正的粉丝竟然是姐姐！我吃惊地看着姐姐，她微笑着朝我看，那笑的光芒，温暖而美丽。

"然后，你姐安排我们到你常去看书的地方，背了一些她精心设计的台词，故意让你听到。我们不知道这些台词背给你听有什么用，但是蛮好玩的，我们也演得很投入……"姐姐没料到她会提这事，忙去拉她的手，想制止她再说下去。

我明白了，那天，能支撑起我的信心，能让我摆脱掉多年心理阴影的"巧遇"，全是姐姐精心设计的"骗局"。

如今，性格阳光，自信盈怀的我静静地看着那年的那个"骗子"和她的朋友们。

我自嘲地说："我还以为你们是我的粉丝呢。"

姐姐尴尬地说："晓星，你的确有粉丝，真正的第一个粉丝，那就是我。"

我抱住了姐姐。这么多年，我第一次抱住了这个曾经光芒万丈，却又让我敬而远之的人。

我们两姐妹，笑得阳光灿烂。

我觉得真幸福：谁曾想到，在星星懊恼着月亮太耀眼，掩盖了自己的光芒时，那可爱的月亮，却一直用亲情之光在悄悄照耀着星星，让那颗一直自卑的星星在爱的光晕中折射出了自己的光芒！

我们身边总是不缺乏带着耀眼光芒的月亮，它使本就黯淡的我们更加敏感自卑，本能的嫉妒和倔强蒙上了我们的双眼，使我们只感到了光芒的刺痛，而看不见光芒亦温柔地照亮我们本身。

一架纸飞机的航向

李莉

天才，就是强烈的兴趣和顽强的入迷。

——木村久一

1

儿子元元三岁那年，他见到元元正好奇地翻弄着一张白纸，心里一动，走了过去，对元元说："来，儿子，爸爸教你折纸飞机。"元元妈在一边惊讶地表示反对，说："这么小的孩子，怎么会折纸？你教不会的。"

他瞪了元元妈一眼，责怪道："你动摇军心。没有学怎么可以下定论？我的儿子我清楚。"听着他义正词严的话语，元元妈没再多说什么。

他按步骤耐心教，元元笨拙地跟着做，最后，元元真折出了一架粗糙的纸飞机。

颇有成就感的他，准备顺势在儿子面前显摆下自己的军事知识，再讲讲飞机的种类，元元的心思却完全没在飞机上，一边玩弄着手中的纸飞机，一边兴奋地问他:“爸爸,你还会用纸折什么?都教教我。”

那架纸飞机让元元从此与折纸结了缘。

2

元元开始迷上折纸,家里的白纸被元元搜罗来,递给爸爸,鼓励爸爸想出更多的东西教他折。

于是,他回忆起了童年时折的纸船、纸电话、纸小狗……父子俩头挨着头,一步步地教和学。元元的手越折越巧,学得越来越快,一个月不到,他会的折纸儿子全学会了。

他搜肠刮肚地在记忆中搜索自己会的折纸,到最后,却只能承认,自己的看家本领儿子全会了。

技穷的爸爸和妈妈带着元元到书店,为元元买来了好几本儿童折纸的书,然后,爸爸又教儿子如何看图折纸。

元元在他帮助下,竟然能独立地看着书折了。不久,那些他也不会折的纸蝴蝶翩然出现在儿子的手中,在儿子笑意盈盈的脸上,他感受到了儿子成长的喜悦。

3

一晃,元元上小学了。

这时,他才觉得当初教元元折纸飞机原本就是一个错误。

元元成了折纸控,店里卖的所有的折纸书,他全会折了,本来不大的房间里摆满了元元的成型了的、待成型的折纸作品,桌上、床上、地上……到处都是,一向有洁癖的他见到这些东西很是心烦。

最可怕的是,老师频繁请家长,告诉他元元上课也在折纸,他开始对元元这一爱好产生了强烈的反感。

当元元又在家里埋头折纸时，他终于爆发，对元元愤然吼道："不要折纸了，家里的折纸堆积如山，你上课也不专心，折纸能为你的成绩加几分？将心思用在学习上！"

元元申辩："我折的第一架纸飞机还是你教的呢。"

他恼怒地一挥手，说了句元元觉得云里雾里的话："这是一架偏离航道的纸飞机。"是啊，如果说学习功课是学生的航道，元元的这一兴趣已经偏离了航道。元元见到他暴怒的样子不敢言语，悄悄地将纸收了起来。从此，元元不再在他面前折纸。

但他不知道，元元妈却与他背道而驰，悄悄地支持着元元。他不在家时，元元在妈妈的掩护下，在网上搜折纸视频学折纸，他掌握了很多折纸知识，还学折了不少国外的折纸作品。

元元妈还将元元的最新折纸作品拍照发在自己的微信上，邀请朋友们为其点赞，然后每晚母子俩悄悄地数这些作品赢得了多少赞，自娱自乐一番。

4

元元读小学三年级时的一天，他带元元上街去玩。下楼时，进了电梯，电梯里也有一个孩子，手中拿着折好的绿色纸青蛙，栩栩如生。

元元盯着这纸青蛙分析，那复杂的折痕不像是一张纸折成的，似乎是用几张纸粘接而成，于是好奇地问："你这青蛙是用一张纸折成的吗？"

孩子点点头。

元元在一旁说："你这种折法，是日本的神谷折纸吧？"孩子如同发现了宝藏，惊喜地说："是的，你怎么知道？"

元元遇到知音，浑然忘记了旁边站着反对自己折纸的爸爸，滔滔不绝地说："我在网上看到的，我也会折。其实折纸本来起源于中国，但是将其发扬光大的却是日本。可惜我们中国人自己将这项技艺慢慢丢弃了，中国至今没有国家级折纸协会，我长大了，一定要成立中国折纸协会，教大家折纸。”

在那一瞬，他想起自己小时候痴迷看军事方面的书，买来了一本又一本的军事杂志，对军事知识了如指掌，倒背如流，而父母却反对他对这爱好的痴迷，说这方面了解得多，考试时又不多加几分，该把时间用在学习上。什么时候，历史又重演了呢？

回来的路上，遇到有人发广告传单，从来都不接这些广告单子的他来者不拒，一一收下。回到家时，他将那些彩色的单子随手递给儿子，说了句“给，折纸用”。元元惊喜地望向他，他却不看元元，径直换鞋进屋。

5

元元妈惊讶地在微信上发现有人在元元作品下留言，说：“我想请你儿子给我们幼儿园的孩子上一节折纸课，我会给你儿子一件小礼物作为报酬哦。”定睛一看，留言的是本城一家私立幼儿园的园长。

竟有人邀请十岁的儿子去讲课，这是多大的荣耀！元元妈迫不及待地把这事告诉了儿子，元元激动得跳了起来：“耶，好棒哦，我有工作了。”

元元妈觉得这是锻炼孩子能力的好机会，元元性格内向，如果有勇气站在讲台上讲课，这就是一种成功，何况现在正好暑假，小学放假，而幼儿园有假期班，不会耽搁元元学习。她欣然同意了下来。

元元的第一节课教小朋友们折纸飞机，他站在讲台上，举起一张纸，耐心地示范折出每一个步骤，认认真真地讲解。

窗外站着元元妈，她看着儿子，想起了多年前儿子折的第一架纸飞机。那时，他的小手是多么的笨拙，他的神情是多么的认真，一如现在坐在下面的小朋友们。而今，儿子真的长大了，她的心里升腾起温暖和感动，眼眶慢慢地湿润了。

元元和妈妈谁也不知道，就在这时，元元爸正递给园长一本在网上买到的《神谷折纸》,这是一会儿园长要给元元的礼物。

一个月前，元元爸无意中从同事的微信中看到元元妈上传的元元的作品,他从那些精致复杂的折纸作品中,惊讶地发现元元的梦想并没有因他的反对而搁浅,反而如飞机一样平缓飞行,随风直上,他坚硬的心忽然变得柔软了。

上个星期,他私下里联系了初中时的同学——这位幼儿园园长,为元元创造了讲课机会。

在《神谷折纸》的第一页,他一字一字地写下:“没有一架承载梦想的飞机是偏离航道的,只要它肯飞。”

有梦想是幸福的,没有梦想的人像一个没有灵魂的人。父母则是梦想的第一个守护神和见证者。

那个不像我的人

黄治康

在父母的眼中，孩子常是自我的一部分，子女是他理想自我再来一次的机会。

——费孝通

1

我不知道他是从什么时候开始恨我的。

我与他之间感情的疏离，似乎并没有一个完全明显的分界点。早先我还年轻时，离开教师岗位，调进一家国营工厂，并通过自己的努力当上了厂长。风光的那阵子，被他的姥姥相中。他的妈妈很善良，但也懦弱、没主见。就这样，我成了他妈妈的丈夫，随后成了他的父亲。

儿时的他应该是快乐的。他的妈妈总是低眉顺眼地把全部的慈爱都给了他。而我，可以让他拥有比同龄人物质上更多的丰足。记得他抱着我给他买的会响的玩具机关枪、上了电池就能跑得飞快的玩具汽车，足足在小伙伴前炫耀了个够！他大声说:“我的爸爸是世界上最好的爸爸！”

幸福的时光并没有持续太长时间。国

营厂倒闭,我风光不再,成了无业游民。他精明的姥姥上门来了。她气鼓鼓地说:“你不赚钱,怎么养家?怎么疼老婆孩子?”

我唯唯诺诺,去大街小巷晃荡。好容易看一家单位招临时工,竟是与几个以前在厂里的手下一起竞争岗位。我脸面全无,工作高不成低不就,求职终日无果。他妈妈什么话都不说,只是自己默默早出晚归到工厂做工。他姥姥依旧天天上门,讽刺怒骂。

想到自己曾经的风光,我开始仇恨。压力慢慢变成了一个怪圈,我唯一愿意做的就是用酒来刺激自己的那点可怜的自尊心。

后来,我东拼西凑借了几万块钱,跟几个朋友合伙办了一个小型模具厂,效益虽然一般,但多少让我对生活有了些期望。但我抗拒不了烟酒和赌博带给我的刺激。

醉后回家,总有倾诉的欲望。他的妈妈忙着赚钱养家,她不责怪我,但也不理我。我想跟他说话,他眼里的不屑刺痛了我脆弱的神经。我以为,全世界都可以不再尊重我,只有他不行!我多希望他能站在我这边,能理解我的颓废,理解我的堕落。我觉得他应该站在我这一边才对,可是他没有。于是我打他,他不求饶,也不哭,咬得嘴唇出血也不出声。看到他眼里的仇恨,我心里的爱也一点点破碎,转化成更严厉的打骂。

一个夜晚,他妈妈值夜班。吃晚饭的时候我回家,看见他脸色铁青地躺在床上,看都没看我一眼。我不想在这冰冷的家再多待片刻,便出去找赌局。

半夜我才回来,他还在床上躺着,衣服都没脱。我忽然发觉不对劲,我走过去想叫醒他,他软绵绵地蜷缩着,身体的滚烫吓坏了我。

“儿子!”我急得快哭了,抱起他想往外跑。恍然间,我才发现,他已经那么

高、那么重了。我抱不动他了。我的大喊大叫终于惊动了邻居，帮我把他送到了医院。

医生皱着眉头说：“你们怎么当家长的！赶紧办住院手续！”

我摸摸口袋，分文没有。刚才的赌局，血本无归。邻居李婶鄙夷地看着在医院走廊里来来回回的我，回家取了钱交到我手上。她说了一句至今让我想起来就心寒的话：“投胎做你儿子，真是倒了八辈子霉了！”

我守在他身边，看着脸上毫无血色熟睡的他，眼泪就掉下来了。他睁开眼睛看到我，扭过头去问：“妈妈呢？”就再也不跟我多说一句话。

过了一会儿，他妈妈心急火燎地赶了过来，抱着他就开始哭。我成了局外人，心里刚升腾起的一丝温热和愧疚，顷刻间消散了。

2

上中学后，再也看不到他的成绩单。再后来，他索性不上学了，留了长发，打了五六个耳洞，穿破了洞的牛仔裤、有奇怪图案的衣服。我哪里看得惯他那个样子？但我再次扬手打他时，他一把握住了我的手，冷冷地甩开，然后扬长而去。

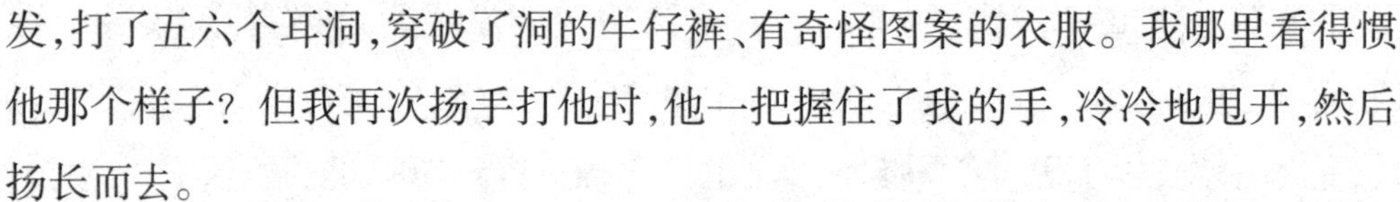

这时，我才愕然惊觉，他已经成长为一个血气方刚的俊朗少年。

有一天，接到他老师打来的电话，说他三天都没有去学校。接到那个电话时，我正跟一帮狐朋狗友开怀畅饮。这才想起，我已经几天没回家了。

我离开酒场，直奔街上的网吧，一家家找过去。找到他时，他正叼着烟，坐在小隔间里对着电脑玩游戏。我气急败坏地冲过去揪他起来，叫他跟我回去。他像不认识我一样，咬着嘴唇，冷冷地回敬我：“你都不回去，凭什么叫我回

去？”

我恼羞成怒，借着酒劲发飙：“你这个不长进的东西，目无尊长，不学无术，你看看你的样子，我真是以你为耻！”

他漠然地看着我，字字如刀：“你能好到哪儿去？你酗酒嗜赌，不务正业！你以为我以你为荣吗？”随即，又低下头玩游戏。我终于爆发了，当众对他大打出手，并撕扯着他的衣服狂吼：“臭小子，你吃我的穿我的，养你这么大，你却这个态度对你老子！”

他傲然说道：“算了吧，我身上没有一样东西是你买的，家里吃的用的都是妈辛苦赚来的，你的钱都在你的酒里面，别说得那么好听！”

一直以为，我没有成就不要紧，还有一个儿子可以给我希望，但他那个样子，让我彻底失望了。

但我已经没有力量再打他了。他长大了，变得更强壮，更陌生，更遥远……有时，我会黯然伤神，就当我没有这样一个儿子吧，我本来就是孤身一个人。

3

他勉强混完了高中，最终在妻和丈母娘的劝说下来我的工厂做学徒工。

我带他去应酬酒局，让他给那些朋友一个个敬酒。他瞟了我一眼：“我不喝酒，不要让我跟你一样！”我无言以对。

志不同道不合，他做了不到一个月，就甩手走人了。再见面时，听说他有了女友。他不再回家，跟女友在外同居。再看到他时，发现他剪了短发，穿了中规中矩的衣服。问他，说在一家机械公司做了技工。

若不是妻病了，我不知道他会什么时候回家。但妻病得很严重，是癌症晚

期。家里人通知了他，他心急火燎地回到家，每天守在病床前悉心照料他的母亲。丈母娘悲伤之余，不忘每天骂我几遍，都怪你这个没用的男人啊，我女儿的病都是你气出来的。我的那点愧疚之心，也被骂得失去了意义。

全家人都视我如仇，我就在不归途越走越远，既然他们如此厌恶我，我又何必苦苦期待那一份温情？那一份天伦之乐？

妻医治无效，与世长辞……妻那边的所有家人亲戚朋友都当着面、背着面骂我不是人，骂我要遭报应。只有他，沉浸在巨大的悲痛中，却一言不发。

没有妻的家已经不复往日的整洁和温馨。夜里，我低低叹气，看见阳台上有红色的火星一闪一闪，过去一看，原来是他躺在摇椅上吸烟。借着白月光，烟头一明一灭，我瞥见他年轻的、泪流满面的脸，心中一痛，把披在身上的外套轻轻给他盖上，想说点什么，张了张嘴，却终究哑然。

我忽然觉得愧对他。转身蹒跚着回卧室，黑暗中被茶几绊了一下，他像安了弹簧，一跃而起，急步过来扶住我，责怪着："怎么这么不小心？"没有称呼，没有太多的温情，但我心中一暖——分明感到一种隐藏的关心。

黑暗中，两个男人的手无言地握在一起，他的掌心很有力。多年来，我们父子没有这么亲近过。我竟然有点辛酸和欢喜，希望今后能在他的陪伴下，走过苍茫的余生。

但不久，他又离开了家，去市里打工了。我知道，如今，他再也没有回家的念头和必要了。

4

春节快到了，我一个人待在家里，孤寂而冷清。忍不住给他打了电话，想

叫他带女友回来过年，他语气很冷，只说考虑一下。

腊月二十八，他回来了，我叫上他一起去买年货。上了公交车，我们面对面坐在公交车的前面位置。车开了一段，后门上来一个年纪很大的老头儿，衣着破旧，提着麻布口袋，举步维艰。车上人多，乘务员叫大家让个座，没人理会。他站了起来，抬头叫，大爷，前面来坐。

那大爷没听到，手紧紧握着车上的栏杆。他站起来，挤到后车门边，将大爷扶到了座位上。我动容地看着他，像从来都不认识他一样。他依然一副淡漠的表情，仿佛什么也没发生过。

春节，他跟女友在家住了下来，然后办了结婚手续。我发现他跟她在一起，从不争吵，出出进进都一起来去。他不沾酒，烟也很少抽，夜里从不晚归。他们工资不高，却存了钱帮他母亲置办了一块很好的墓地。

我突然发现，我并不了解他。一直以为他不听我的话，不听我的教育，不爱学习。而现在，他身上却显现出与我相反的品质：孝顺，正直，有爱心，负责任，脚踏实地……

而我，却变成他的反面教材，他没有一个地方像我，就连长相，也像了他的母亲。我身上的所有恶习他都没有，我身上不具备的好品质他都有。我突然很庆幸他不听我的话，所以逐渐造就了一个跟我完全不一样的他。

他没有抛弃我，给了我机会。休息日，他会回家，吃我为他做的饭，喝我为他准备的饮料。这些事，从前我从未为他做过。哪怕一罐可乐，我也没有为他买过。虽然他还是很少跟我讲话，但他能回来，我已经很感激了。

浑浑噩噩了大半辈子，我开始醒悟，虽然有些晚。我戒了酒，跟所有的赌友都断了联系。我还把自己在厂子里的股份转让了，把钱交到了他的手上。他却没有接，面无表情地说："你自己留着吧。"

我半生的堕落，他一一看在眼里，记在心里，但他一直在那条洒满阳光的路上等我，等我找回自己，等着我幡然醒悟。原来我一直想教育的他，却最终成了我下半生最好的教材。

我知道，从此将会与他默默携手同行，度过一个个安然的日子。时光不饶人，岁月刚刚好，天地为我们父子不荒不老。

父母都是慈爱的，总觉得孩子应该向自己学习。却没有想到孩子早已学会了用自己的眼睛看待世界，审视父母。

为你流泪的女子

卓然客

暗恋最伟大的行为，是成全。你不爱我，但是我成全你。

——张小娴

那年，我18岁。单薄的身子，穿着洁白的衬衣。我什么都没有。唯一拿得出手的只有梦想。有喜欢的女孩子，却一直不敢追。就这样，三年一晃就过去了。当有同学拿着毕业留言册，让我写留言时，我猛然惊觉，毕业了！就像一个戏子，登台亮相，本想拳打脚踢着意卖弄一番，猛一抬头，竟是谢幕了。于是，草草收场。

胡乱地写着留言，和三三两两的同学在脏兮兮的小酒馆里，喝呛人的白酒；给心仪已久的女孩子送一本书，然后响亮地喊一句，不在乎天长地久，只希望曾经拥有……乱，大家都这样乱，我也便乱纷纷地跟随着。

乱着，也热闹着，但是，却没有什么能在心里留下特别的印迹。直到我踏上归乡的列车。

一大群同学，闹哄哄地说着祝福的话。也有粗俗的男生开着不合时宜的玩笑。我坐在车窗边，向着同学们招手。当列车响亮地鸣了一下汽笛，忽然，

一个叫欣的女生，摆脱拥挤的人群，扑到我的面前。她忧伤地定定地看着我，然后，眼睛一红，一粒粒清清的泪珠就滚了下来。我十分诧异，不知所措。她张了张嘴，却没说出话来，那泪水一涌，就布满了面颊。就在这时，列车缓缓开动了。她随着奔跑起来，一把抓住了我的手，但是立刻就被飞奔的列车甩开了。

我把头伸出窗外，朝着她挥手。只见她痛苦地弯下腰来，蹲在地上哭泣。有两个女同学拉着她的胳膊，像是在劝说。

那一刹那间，我终于明白了她的心思，内心感动得一塌糊涂。虽然她只是个善良而普通的女孩，但那一刻，我真的愿意陪她到天荒地老、海枯石烂。

我仔细回想三年中的点点滴滴，实在找不出与她有什么暧昧的地方。对她的印象，越想越是模糊。只是，真没想到，在那个异常传统而守礼的年代，当着那么多同学的面，她会那般的动情！

那是一个通信十分落后的年代，回到家乡，我就照着留言册上的地址给她写信。写了好几封，却一直没有接到她的回信。时间久了，也就只好作罢了。

漫漫数十年过去了，我时常会想起她。原来模糊的印象，透过漫长的岁月，竟然越来越清晰。我记起了许多细小的情节：班里开联欢会，她唱的是一曲黄梅调《夫妻双双把家还》，男同学们都使劲地拍手叫好。但是，我一叫好，她就红着脸不唱了；运动会上，她代表班级给我送水，我一仰头，喝了大半瓶，而她一直害羞地低着头；考试时，她偷偷递给我小抄，然后狡黠地朝我打个"V"字手势……一点一点的，都回忆了起来，一点一点的温馨，又是一点一点的忧伤。年少懵懂的心，不知忽略了多少美好的细节，不知辜负了她多少遥遥地注目与默默的温情。我常想，若是能与她携手人生一定也能成就一段佳话。

我只是个寻常男子，面容一般，工作平凡，这一生中，有几个女子能如她一般，为我洒下那般动情的泪水？只怕再也没有了。

一个男人，一生中，只要有一个女子，这样地为你流泪，此生便已足矣。我何其有幸，拥有了你如此晶莹的泪水。

夜阑人静，明月西悬，我常会对着遥远的南方，默默地想你。虽然已是江长水阔，天各一方，但是，你永远是我心中最真的红颜，最近的知己。

那时候女孩子的心思，就像藏在深海里的秘密，如果不细心一点是不会发现的。她们小心翼翼却很认真地喜欢一个男生，就像守护着自己的一个梦一样。那时候，真好！

外婆的手

林玉椿

永远是独一无二不可替代的事物:这是童年的回忆。

——杜伽尔

外婆在我八岁那年就去世了，但她那双粗糙结实而又充满慈爱的手,却令我永生难忘。

外婆家在一个偏僻的小山村,从我们家过去,需要走好几个小时的山路。但小时候,我和两个姐姐最喜欢的就是去外婆家，一听母亲说要去外婆家,就立刻蹦蹦跳跳地要跟着去,从不嫌山路崎岖、路途遥远。

外婆是个可亲可敬的人,母亲是外婆最小的女儿,而我在所有表兄弟、表姐妹中是最小的,所以外婆对我又格外偏爱。每次去外婆家,外婆总喜欢把我揽到身边,用手抚摸着我的头,用手比画一下我的身高,然后笑呵呵地说:“让我看看。哎呀,我的乖外孙,又长高了好多呢!”

每当外婆把我揽到她身边时,我就喜欢盯着她的那双手看,她的双手令我感到无比温暖。

在我的印象中,慈祥善良的外婆从来都不骂人,她对后辈们的教诲和责备全藏在手势中。

记得有一次,表哥不知从哪里弄来一包香烟,悄悄地将我拉到后山,怂恿我和他一起抽烟。不料就在这时,外婆到菜园里摘菜,看到了这一幕,就径直向我们走了过来。我内心感到十分惶恐,生怕这一次难逃打骂。没想到外婆并没有责骂我们,她只是轻轻地抚摸着我们的头,慈祥地说:“你们还小,这事不怪你们,但要记得香烟对身体有害,吸上瘾之后想戒就难喽!”外婆对表哥说:“你是表哥,要带个好头,千万不能带坏表弟。”看到表哥点头答应之后,外婆又转过身来,拉着我的手说:“你最小,更加不能跟着别人学坏。大人吸烟也不好,小孩子更加绝对不能吸烟,你要记住喽。”我用力点了点头,答应了外婆。表哥开始非常担心外婆会把这件事情告诉舅舅、舅妈,我也非常担心母亲很快会知道这件事,没想到过后并没有人提起,自然是外婆为我们保守了这个秘密。

那一次,外婆语重心长的劝导铭刻在了我幼小的心灵里。长大后,面对别人递上来的一根根香烟,我都是摆手拒绝。

外婆七十多岁时中风患了偏瘫,母亲带我去看她时,她躺在床上已经不能言语。

昏暗的灯光下,外婆稀白的头发十分蓬乱,脸庞瘦削枯黄。她的身体掩在被子里,唯有一只右手搁在被子外,扶着床沿。

看到外婆的手瘦得只剩下皮包骨头,我的内心竟然感到了一丝害怕。我往后躲到母亲的怀里,不敢上前。我无法相信我那精神焕发、可亲可敬的外婆如今会变成这样,变得像一个稻草人一样弱不禁风。

外婆见到我,涣散无神的眸子立刻一亮,她喘着粗气,用那只唯一可以活动的手向我招呼着。

舅母安慰我说:“你外婆想叫你过去。别怕,她很想念你这个小外孙。”可是由于害怕,我摇着头不愿意走上前去。

外婆见我不愿意上前,枯黄的脸上浮现出一丝忧伤。她伸出那只无力的手,用那略略弯曲的食指指着我,始终不肯放下。她的眼睛里充满了渴望和不甘心。

母亲把我从她怀里推了出来，说："孩子，快上去，外婆真的很想你。她虽然说不出话来，但她的脑子还是很清醒的。你不要怕，她是太想你了，你快到她面前让她好好看看你。"

在长辈们的鼓励下，我终于壮起胆子走了过去。

见我走到面前，外婆激动起来，她那只手似乎突然之间变得灵活有力起来，一把抓住我的小手，紧紧地，久久地不愿放开。她的嘴角嚅动着、颤抖着，似乎想说些什么，可是却什么也说不出来。于是，两串混浊的泪珠从她的眼角里淌了出来。

没想到，这竟是我和外婆见上的最后一面！

外婆去世后，我仍然习惯性地问母亲"我们几时再去外婆家"，母亲立刻纠正我："以后别再说去外婆家，要说去舅舅家，外婆已经不在了。"听到这话，我忍不住转过身去泪流满面。

岁月荏苒，许多往事逐渐在心灵里褪色。但夜深人静的时候，我还是经常会想起外婆，想起外婆那双慈爱的手。

我们的童年里总会有一双外婆的手，像守护神一样抚摸着我们的童年。

父母不是恶人

商艳燕

凡为父母的，莫不爱其子。

——陈宏谋

深冬，清晨六点半左右的天还黑得像是锅底，儿子在穿衣服。为了让他多睡几分钟，我总是精心算计着早上这点儿时间，直到所有的早餐都摆上桌的最后一分钟才去唤他。

一切准备就绪，只剩下咸鸭蛋在我手中，正一点点向下剥壳，并露出油油的蛋黄。儿子从小对蛋黄不感兴趣，最近几天却突然转变了想法，于是蛋黄给他，蛋白我自己来吃。此时，屋子里还是寂静的。

那一刻的寂静里，忽然就有些恍惚，仿佛岁月中有什么似曾相识的场景，正在惊人地重演。

小时候，家里虽然并不富裕，却因为院子宽阔养了十几二十只鸡，鸡蛋是从没有断过的。鸡蛋以各种形式出现在我们的一日三餐里，令人从不觉得日子贫穷。父母总是想办法让我们多吃，炒米饭、鸡蛋饼不是问题，白水煮蛋蛋黄有点儿干却是最爱，蛋白吃起来有弹性口感也还不错，咸蛋蛋黄泛着油光吸引着贪吃的味蕾，可蛋白总是有一种软软的水汽让人爱不起

来。我爱吃咸蛋黄，姐姐弟弟都爱，我记不清他们那时都是如何解决蛋白问题的，但至少我自己，总是把蛋黄贪心地卷进烙饼中，然后把蛋白扔在一边，不知什么时候，蛋白就自动不见了。

那时总是理直气壮的，似乎不论什么不爱吃的东西，在父母那里都不是问题，似乎他们什么都爱吃。

十多岁时常常和母亲闹别扭，不知是两人之间的矛盾，还是因为她过于偏爱弟弟的后果，具体的事被我慢慢地遗忘，但是想起童年与少年期，就觉得母亲简直一无是处，爱发脾气不讲道理，发誓自己绝不要重复与她一样的人生，我定会倾尽全力地去爱自己的孩子。

前几天儿子和我聊天，他说你这个人特别凶，我一不会做题就冲我喊。我喊了吗？我不记得。但儿子清清楚楚地记着，把每一句话都重复出来，他说你脾气太坏了。我脾气坏？我是努力要做个好妈妈，并一直这么坚持着的呀。可是儿子说，你太吓人了。

为什么在他眼中的妈妈和我眼中的自己完全不一样呢？当时我只是笑着说他："怎么就光想着妈妈的不好，不能多想想我的好呢？"

事后突然惊觉，那仿佛就是曾经少不更事的自己。在孩子的眼中，父母都是恶人，你对他千般的好，他却只看到了发脾气时的你。

可是天下的孩子啊，还有许多事情，比你看到的表象更深更隐蔽。

你生病时，父母焦急的心情，你体会不到；你受伤时，父母自责的眼神，你从不明了；你难过时，父母深深的担忧，你无从知晓；你饿了渴了时，父母忙碌的身影，你从未注意到；甚至你不爱吃的东西剩下的饭菜，父母全都毫不挑剔地吃掉，你哪里会知道？你只是在童年里理所当然地伸出手，从父母那里索取，还仿佛自己遇到了世界上最不好的父母。孩子的无情，父母甚至从不计较。

我几乎从不吃蛋白，也许是生活太好了，儿子从小却是不爱吃蛋黄，我又理直气壮地多吃了九年的蛋黄。直到今天，我那么心甘情愿地把蛋黄抠出来留给他，而自己默默地吃着软软的蛋白。一切都是那么顺理成章。

做父母的默默地为孩子做了许多事，可这些事，在孩子的心里，就像从来不曾发生。也许父母在孩子眼中都是恶人吧，因为管教、因为约束，哪怕是偶尔一次控制不住地发脾气都不可原谅。但孩子的心也并非永远像冰，它只是在光阴中慢慢漂移，直到一缕又一缕光，从某个角落里洞开。那一刻，父母才终于不再是恶人。

我们总是漠然地接受父母对我们的好，认为一切都是理所当然的。而总是敏感仇视父母对我们的不好。好与不好都是父母初衷的爱，只是有时候表达的方式是我们所不能接受的。

周星驰的第一场戏

朱国勇

世界上的一切光荣和骄傲，都来自母亲。

——高尔基

母亲与父亲离异那一年，周星驰才七岁。他和姐姐周文姬、妹妹周星霞一同被判给了母亲凌宝儿。在1968年的香港，一个女人带着三个孩子讨生活，其艰难可想而知。为了维持生活，凌宝儿一个人打了两份工。令她欣慰的是，孩子们都特别乖巧懂事，尤其是周星驰，成绩十分优秀，最得凌宝儿喜爱。

只有一件事，让凌宝儿烦心。

三个孩子都正是长身体的时候，所以不管多么困难，每个星期，凌宝儿都要割点肉或买条鱼给孩子们加餐。或许是平时太娇惯了，或许是难得吃上一回鱼肉，菜一上桌，周星驰就把菜端到自己的身边，专拣好的吃。姐姐妹妹却懂事得很，从不和他争。但是周星驰的饭量很小，吃了两块就吃不下去了。然后，他就开始胡闹，总还要捡两块，放到嘴里嚼两下，再吐到碟子里。他嚼过了的，姐姐妹妹哪还肯吃啊！为了不浪费，凌宝儿

只好自己吃。

为这事，凌宝儿没少批评周星驰，但是一点作用都没有。好在周星驰别的方面表现都很好，日子久了，凌宝儿就随他去了。小孩子嘛，哪有不顽皮的呢？

可是有一次，凌宝儿真的生气了，狠狠地教训了周星驰一顿。

那一次，凌宝儿两个月没发工资了，好不容易从娘家弄来了一些钱，买了几只鸡腿，烧得金黄喷香。菜刚上桌，周星驰就小猴儿似的爬上桌，用手抓起一只鸡腿就啃，还一边冲着姐姐妹妹做鬼脸。一不小心，手一滑，鸡腿掉地上了，沾满了尘土，落在一摊鸡屎旁边。凌宝儿又是生气又是心疼，买这几只鸡腿容易吗？再想想周星驰平时的顽皮表现，凌宝儿决定这次要好好教训他。她取过一根桑树条，狠狠地抽了周星驰十几下："让你顽皮，让你不知珍惜？"直到周文姬与周星霞扑过来把周星驰护在身体下面，凌宝儿才放下桑树条，搂着三个孩子抱头痛哭。

哭了好一会儿，才又开始吃饭。凌宝儿把鸡腿捡了起来，舍不得扔，就用开水冲洗一下，自己吃了。

那天晚上，凌宝儿抚着周星驰身上的伤痕："还疼吗？"

"不疼了。"

"下次还调皮吗？"

黑暗中，周星驰的眼睛十分明亮，他"嘻嘻"地笑着："睡吧，妈。我明天还要上课呢。"

2001年，周星驰、凌宝儿做客凤凰卫视时，又说起了这件往事。

"是的，那时他可是真顽皮啊，全不知道，这饭菜来得多不容易，一点也不珍惜。"凌宝儿笑容慈祥。

"不，妈妈，我懂得珍惜，"周星驰接过话茬，声音开始哽咽，"您想想，我要是不把鸡腿弄到地上，您会舍得吃吗？那几年里，有什么好吃的，您全给了我们姐弟三人，您成天就吃咸菜啊！于是我们才想出这个办法，我把几块肉嚼得不像样后，姐姐和妹妹就有借口不吃了。只有这样，您才会吃啊！"

听着这话,凌宝儿情绪变得激动起来:“其实,我早该想到。你样样乖巧懂事,怎么偏偏吃饭这么顽皮呢?”凌宝儿哽咽着掏出手帕擦眼睛。

周星驰挂着两行泪水满面微笑。在亿万电视观众面前,这对母子抱在了一起。无数的观众也在这一刻,流下泪来。

虽然周星驰演戏无数,精品众多,但是我要说,他最好的戏,是在七岁那年,演绎的是一份血浓于水骨肉连心的挚爱亲情,唯一的观众,是他的母亲。

有些爱是笨拙的,有些表演也是出于爱。

扎万针显真情

段奇清

真的猛士，敢于直面惨淡的人生，敢于正视淋漓的鲜血。

——鲁迅

2011年2月中旬的一天，他正在给人扎针灸，董娟夫妇登门喜洋洋地向他道谢。因为在他的治疗下，结婚多年一直不能生育的董娟怀上了身孕。消息一传开，人们惊叹：这可是人间奇迹！

他叫孙秀才，辽宁省抚顺市清原县人，年轻时参军入伍，退役前是沈阳军区装备部高级医师，擅长中医针灸，退伍后回到老家开了一间诊所。他手中的银针堪称神奇，即便一些疑难病症他也能手到病除。

他在当地的名声越来越大，可他却总怀有一颗治病救人救死扶伤的心，有些危重病人他常常是上门医治。2006年冬一个大雪纷飞的日子，他在出诊的路上，不幸被一辆疾驰的车撞得飞了出去。被诊断为语言神经、右侧运动神经损伤，记忆功能丧失。他成了一个植物人。妻子冯淑杰不甘心丈夫就这样一直在病床上躺下去，她要唤醒丈夫的记忆。可想了一个又一个办法，就是没有任何效果。

2007年8月中旬的一天，冯淑杰

发现丈夫的头总向右侧转，似乎在看什么。她仿佛看见了一丝希望的亮光，赶紧给上大学的女儿小赢打电话："你爸的头会转动了！"冯淑杰与女儿分析，他看的就是挂在墙上的那张人体穴位图。听医生说，只要找到了刺激源，丈夫就有可能恢复记忆及语言功能。

冯淑杰兴奋地想，人体穴位图就是丈夫的神经刺激源，这一下可有办法了。从此，她每天给丈夫读穴位图上的穴位，不久又为他读中医书籍，慢慢地，他能发一些含混不清的声音了。这样一读就是7个多月，2008年3月，孙秀才已经能坐起来了，而且左手也能动了。更难得的是，一天，她从菜场买菜回来，丈夫的手中居然拿着一根银针在摆弄。

冯淑杰眼睛一亮，如能让丈夫重新学着扎针灸，他一定恢复得很快，否则，他永远都难以清醒。但她知道，扎针灸可不是闹着玩的，有些穴位，一针扎下去，稍有偏离，轻则让人瘫痪，重则丧命。可她决定以身试针。人体穴位与针灸是能唤回丈夫记忆的刺激源，可她的这一决定极有可能让她彻底丧失"刺激源"，可对丈夫和家庭的爱已胜过了一切。

当然，她也不是一个蛮干的人，她要循序渐进，首先她选择了对人的影响稍轻的手背让丈夫下针。那天，她拿了一根银针放到丈夫手中，帮助他合拢无力的手指，说："孙医生，我是来找你治病的，你就给我扎针灸吧！"

只见他眼中似乎有一种电光倏忽闪过，一会儿手中的针颤抖着刺下。她虽说有心理准备，还是疼得"啊"了一声，因那银针是歪歪扭扭扎下去的。他的手也没有一点准头，那针与事先画好的圆点偏离一寸多。她忍住痛，拔出银针，重新帮丈夫握好，把着他的手，对准自己手背上的那个圆点，又刺了下去，她不禁又一哆嗦……

就这样，一直扎了28针，终于扎中了穴位。这时，她的手已经发麻、发木。可看见丈夫开心地眯起眼睛，她觉得自己再苦也没有什么了。

2008年国庆节，吃过早饭，他又习惯性地招手，要她过去为她扎针。这天女儿放假在家，看着妈妈已被扎得稀烂了的手，对爸爸说："您怎么就不住地要给她扎针呢？她痛啊！她可是你妻子，我的妈妈啊！"这时，他伸长脖子，好奇地看着眼前的两个人，似乎努力回忆着什么……良久，嘴中含糊不清地叫道："淑杰……老婆……"接着又转过头，注视着女儿，"小赢……女儿……"

时隔两年后，他终于能认识妻子和女儿了，冯淑杰的眼泪汹涌而出，那可是喜悦的泪水啊！此时，她拿起一个小本子，那上面记载着丈夫每天为自己扎针的次数，足足已有一万多针。

2009年11月初，他能下床站立，双手也灵活多了，只是说话依然有些含混不清。为了让丈夫恢复得更快些，她经常邀请他的战友、朋友、邻居来陪他聊天、下象棋等。

2010年7月初，孙秀才的战友王国兴带着儿子王泽航来看他，直让他开心不已。突然，他指着王泽航的嘴，又拍拍自己的腹部。王泽航不知道他要做什么。冯淑杰见丈夫的鼻翼翕动了几下，皱眉作要吐状。

她立即对王泽航说："他怀疑你的肠胃有毛病，让你伸出舌头看看舌苔。"

看过舌苔后，他要给王泽航扎针。好在只是在少阳经脉一些穴位上扎上几针进行疏通调理，不是太难的事，她也就帮助丈夫为王泽航扎针治疗。这可是丈夫在出车祸后，第一次给病人扎针啊！她知道这是丈夫在给他扎出一条再度治病救人的通道。

第三天王泽航又来扎针时，高兴地说，这针真是了不起，自己如今已吃得香、睡得好了。

没过几天，王泽航又把自己的妻子董娟带了来。孙秀才为董娟把脉后，手中比比画画，口中不停嘟囔着。冯淑杰知道丈夫诊断董娟患有乳腺炎和坐骨神经痛，引起寒宫症导致不育。然而，董娟要扎的穴位是肩井穴，这个穴位一旦扎不准就会引发气胸，这可是致命的。丈夫给董娟开了一些中药，冯淑杰只好让董娟先回去调理一些时日再说。

她知道这可是丈夫人生中最为关键的一步，他要是连董娟这样的病也治好了，那他信心的通道就彻底敞开了。丈夫认为为董娟治病风险太大，她却要让自己来承担这个风险。不是治出了事由她来负责任，而是压根就不让丈夫出什么医疗事故。这样，唯一的办法就是让丈夫在自己身上练习。

练了五天后，他让冯淑杰将董娟叫来。董娟还有些不放心，可他已是信心百倍，因为这时他对冯淑杰的肩井穴已刺了 100 多针，准确到只有粗一点的针眼。

董娟在接受了半年的针灸及中药治疗之后，乳房肿胀消失，胯骨不再疼痛，随着寒宫症的治愈她怀孕了。2011 年 2 月的一天，董娟夫妇乐哈哈地登门向他道谢。

眼下，尽管他的语言功能尚没完全恢复，可前来看病的人又开始络绎不绝，由于在康复期间有了妻子为他做练习对象，他的医术与车祸前相比不仅没倒退，而且还更为精湛。人们见到他后，往往都会伸出大拇指，直夸他是“神医”。

爱是承担万余银针的疼痛，甚或是丧失生命的风险，正是这样，才显示了爱钢铁一样的硬度，银辉般的耀眼，让人们感受到了人间永不逝去的大爱真情……

万余银针的疼痛是她对丈夫的希望，是对家庭和丈夫的爱。真爱的力量是无穷的，她能让人变成勇士，承受常人所不能承受之痛。让人有钢铁般的意志，面对所有的煎熬与风险。

5元胜过300万

朱国勇

帮助他人的同时也帮助了自己。

——罗夫·瓦尔多·爱默森

1916年,英国人发明了坦克。同年,9月15日,英国首批60辆坦克投入了索姆河战役,立即就显示了强大的战斗力。从此,坦克被誉为“陆战之王”。

1926年年初,奉系张作霖耗资300万银元,从法国人手中购入了六辆坦克。看着威风凛凛的坦克,张作霖得意不已。他觉得,统一中国的时候到了。也难怪张作霖得意,当时的中国军队使用的都是落后的步枪,跟坦克根本无法抗衡。

1926年8月,张作霖挥师南下,直逼北平。

驻守北平的,是冯玉祥的国民军。双方军队在居庸关一带拉开了阵势,战斗一触即发。

冯玉祥忧心忡忡。8月4日,他乘车从北平赶往前线指挥部——南口镇。

然而,刚到南口镇东街头,就发生了一个小插曲。两个衣衫褴褛的黑瘦中年汉子,泣不成声地拦住了冯玉祥的汽车。卫兵轻喊了一声“大帅小心”,便举起了枪。冯玉祥拦住了卫兵,这两位不像刺客。几十年的风雨历练,冯玉祥对自己的直觉很自信。

汽车还没停稳,那两个中年汉子就“扑通”一声跪下了,哽咽地嚷着:“长官啊,行行好吧。我女儿就快病死了,给两块大洋救命啊!”原来,这是一对兄弟,姓陈,是当地有名的猎户。陈老大终身未娶,陈老二的老婆去年生病去世了,留下一个女孩儿,15岁。兄弟俩当命根子一样宠着。

跨步下了汽车,冯玉祥的心中蓦然充满了一种悲悯。狼烟四起,到处都是难民啊。什么时候,老百姓才能过上安宁幸福的生活呢?

在路旁一座低矮黑暗的民房内,冯玉祥看到了那个生病昏迷的女孩子。挺好的一个女孩儿,穿着紫红的破棉袄,娟秀的五官。正发着高烧,脸蛋红通通的。

冯玉祥轻轻放下5块银元:"快给孩子找医生吧,不能再耽搁了。"

两个中处汉子又"扑通"一声又跪了下来:"长官啊,您留个姓名吧,来生我们做牛做马也要报答您!"

冯玉祥转身走了,这种凄楚的场面,看得久了,他担心自己的眼泪会流下来。

卫兵拉起了陈家兄弟,说:"这位是国民军的冯玉祥大帅。"

冯玉祥的汽车开出了老远。陈老二还在喃喃自语:"我们遇贵人了。孩子有救了!是冯大帅,冯玉祥大帅……"

冯玉祥到了指挥部后,还是放心不下。那个女孩红通通的面庞始终在眼前闪现。他吩咐卫兵带着军医,去给小女孩看病。

8月7日,战斗打响了。张作霖坦克的威力一下子就显露了出来。登山渡水,如履平地,而且枪炮不惧。尽管冯玉祥做了周密部署,国民军依然节节败退,损失惨重。短短三天,国民军就战死4000多人,丢失了建平、赤峰等广大地区。

8月11日,张作霖发起了总攻,他要一举拿下居庸关。

张作霖指挥六辆坦克,排成一个方阵,发起了冲锋。大批士兵如蚂蚁一般,密密麻麻地跟在坦克身后。冯玉祥的国民军凭借山势险要,苦苦支撑,死战不退。

临近中午,一辆坦克冲到了国民军的阵地前,坦克上的机枪肆虐地喷吐着火舌。国民军的士兵一个接一个地倒下了。眼看阵地就要丢失,正在这危急时刻,山石后面突然跳出来一个人,是陈老大,只见他敏捷地跃下山石,几步跃到坦克侧翼。那是坦克火力的盲点。陈老大举起猎枪,"砰"的一声响,猎枪中的散弹四散溅出。有不少散弹窜进了坦克的瞭望孔。紧接着,那坦克摇头摆尾地乱窜了几步,就窝在那里不动了。

见这情景,冯玉祥的国民军爆发了一阵欢呼。这时,陈老二也从山石后面跳了出来,只见他手中抱着五六管猎枪。他一边把猎枪分发给士兵,一边说:"坦克的瞭望孔小,只有猎枪的散弹可以对付……"

接下来,战事发生了戏剧性的变化。张作霖的坦克肆无忌惮冲在前面,把掩护坦克的士兵远远抛在身后。坦克只要一冲上来,陈老大、陈老二他们就蹿到坦克的火力盲点上,用猎枪朝着瞭望孔向坦克内部射击。不大一会儿工夫,张作霖的六辆坦克,就报销了四辆。余下两辆一见情况不妙,调头就跑。张作霖的军队兵败如山倒,冯玉祥的国民军乘胜追击,缴获大量军备,抓住许多战俘,取得了空前胜利。

就这样,张作霖耗资 300 万银元的六辆坦克,被几杆猎枪击败了。仅仅因为冯玉祥救了一位少女,付出 5 块大洋。

战后,冯玉祥要嘉奖陈氏兄弟。陈家兄弟拒绝了:"大帅,您是我陈家的大恩人啊。我们兄弟就是拼了这两条老命,也值!哪能要奖赏?"

冯玉祥感慨不已,他没想到,自己一时无心的善举,竟然挽救了整个国民军,甚至可以说是改变了中国历史。若是没有这几管猎枪,他真不敢想象,借着坦克,张作霖的东北军会不会一举打下北平,接着席卷全国。

在日记里,冯玉祥用八个字对这件事进行了总结:"岂惟人力,亦是天意!"

这就是号称"陆战之王"的坦克在中国大地上第一次亮相,它居然如此灰头土脸地败在了几管猎枪之下。

群雄逐鹿,得民心者得天下。一个心中有善的人,轻易是不会败的!

我们给别人施与的爱,不知道会在什么时候派上用场。当然,我们施与别人爱,也不是为了让别人报答自己。可是好人总是会有好报的。

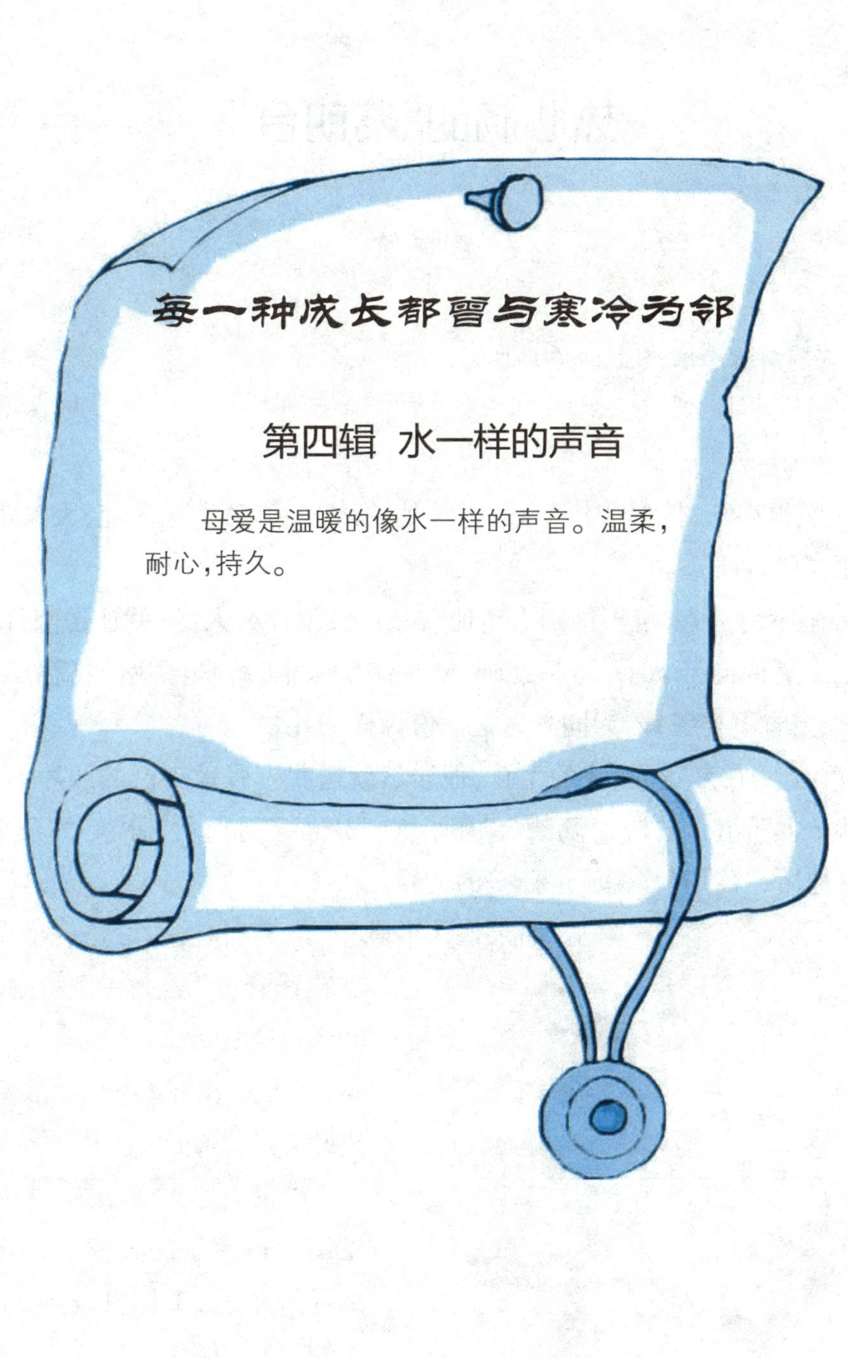

每一种成长都曾与寒冷为邻

第四辑 水一样的声音

母爱是温暖的像水一样的声音。温柔，耐心，持久。

热心肠的“葛朗台”

龙岩阿泰

人遇误解休怨恨，物过严冬即回春。

——《格言集锦》

孙坚很小气，他口袋捂得紧，想让他请次客，那简直是做梦，大家都在背后叫他“葛朗台”。

孙坚不请别人，也拒绝别人请他，在班上，没什么人缘。就连送生日礼物，孙坚也是坚持自己动手，写幅字画，或是制作张卡片，哪像我们，就算勒紧裤腰带，也要省下早餐钱，为同学送上一份像样的礼物。

“孙坚实在是吝啬，我的生日，他居然就送我一张他自己的照片，难不成他是什么大明星？真是比‘葛朗台’还小气。”班上和孙坚关系最好的余力都这样评价他后，“葛朗台”就成了孙坚的代号。

“‘葛朗台’这次被骗了，如果他知道真相，该多伤心，那可是一个星期的零花钱呀。”早上一进教室，余力就跑过来找我。

“什么事呀？孙坚被谁骗了？”我好奇地问余力。

“我上学时又在车站附近看见那对抱孩子的夫妻了，还说什么寻亲不遇，工作没找到，全是骗人的。”余力说。

我记起几天前放学回家的路上，我们遇见了一对夫妻。他们当时一脸憔悴，风尘仆仆，背着大大的行囊，那女的手里还抱着一个嗷嗷待哺的孩子。

他们拦住我们时，我吓了一跳。听父母说过很多骗子的故事，见到陌生人拦下我们，我本能地就想赶紧离开。可是孙坚没走，我和余力只好一起留下来。

我警觉地望着那对夫妻，隔开两三步的距离，只有孙坚傻乎乎地靠他们很近。那对夫妻说他们从外地来，寻亲不遇，找工作又没着落，钱也被小偷偷走了……现在孩子很饿，求我们帮孩子买瓶牛奶。

我望了眼恹恹欲睡、无精打采的孩子，心里疑惑：孩子是他们的吗？

“走吧，骗人的。真有困难找警察去，我们是学生，帮不上忙。”余力直截了当地拒绝他们的请求，推起我和孙坚要走。

“求求你们，行行好，孩子真的饿了。”那女子耷拉着眼皮。

在那节骨眼上，孩子突然“哇哇”大哭起来。

我有点自责，如果我平时省着点花，是可以帮孩子买瓶牛奶的。我把目光转向余力，他无奈地耸耸肩，对我露出爱莫能助的表情。

“我有一百元钱，都给你们吧。孩子饿了，你们先帮孩子弄点吃的。”孙坚在我和余力诧异的目光中，很爽快地把钱递给那女人。

余力想拦，但没拦住。

“谢谢你！我们只要筹够回家的车费，就会回老家去。”夫妻俩一个劲地感谢。

“孙坚，你也太大方了吧？”余力愤懑地说。我知道，他还耿耿于怀生日礼物的事。

走远后，余力仍在喋喋不休地嘀咕，说孙坚不够意思……

“这孙坚平时那么小气，被人骗时倒是大方，一整张呀，可以买多少冰淇淋，他全给了，拦都拦不及。”在我陷入回忆时，余力还在讲得口沫横飞，完了又深深叹口气，一脸恨铁不成钢的惋惜表情。

“那对夫妻没回家吗？那孩子呢？他们不是说筹够车票钱就回去？”我急切地问。

余力还来不及回答，孙坚就进教室了，见他进来，我和余力同时闭嘴。

见我们神情古怪，孙坚忙追问我们在聊什么。

“没聊什么呀。”我敷衍他。

“不对吧？我一进来，你们就不说了，是不是说我坏话呀？”孙坚笑着问。

“就是说你，怎么了？说你笨，说你被那对夫妻骗了，还以为自己是大善人。”余力愤愤地说，一句话也不藏着。

孙坚马上明白我们说的事，他不假思索地说：“他们不可能骗人的。”

“信不信由你，放学后，我们一起去看看，你就知道了。”余力说。

一放学，余力就拉着孙坚和我去了车站。

“或许他们真有困难吧。”路上，孙坚还在替那对夫妻解释。

“就你博爱，被人骗了还不承认。”余力忍不住挖苦孙坚。

走到车站附近，远远的，那对一脸风尘的夫妻正拦着两个老奶奶声泪俱下地诉说。

“看看，他们又在骗钱了。”余力一脸愤然。

“或许他们的路费还不够吧。”孙坚说。

“葛朗台，到这时，你还不相信？”余力愤怒了。

“我只希望他们能对那孩子好一点。我想帮的，是那孩子。”孙坚说。他的脸上呈现出一种让人捉摸不透的表情，黯然的，带着忧伤。

孙坚没有跑去质问那对夫妻，而是报了警。他说：“让警察去处理吧，如果他们真有困难,警察比我们有办法,如果他们真骗人,警察会处罚他们。”

孙坚拉着我和余力离开时,我无意中注意到他的眼眶湿润了。

在我的追问下,孙坚说了一件让我和余力都非常震惊的事。

原来孙坚有个哥哥,两岁多时被人偷走了,他的父母变卖家产找了几年,一直没有结果,后来在亲人的劝说下,才又生下孙坚。

“我只希望,别人能对哥哥好。我不知道,在陌生的人群中,会不会有一个人就是我失散多年的哥哥……”孙坚说。

突然想起,孙坚经常到孤儿院去做义工。我跟他去过几次,每次他都会给那里的小朋友带去礼物。孙坚说,那是一群被遗忘的天使,我们不帮他们,谁帮呢?

原来,吝啬的“葛朗台”却是个热心肠。

我们总是误解别人,仗着别人与众不同,觉得他跟自己格格不入,可是最后总是以惭愧收场。

妙手“画医”

奇清

真正的同情，在忧愁的时候，不在快乐的期间。

——冰心

“良医视病人，察脉审其证”，过去医生看病，望、闻、问、切是谓“四诊”，现在的医生又加上了仪器检测。

在武汉大学中南医院，有一位名叫李雁的肿瘤外科医生，却在看病中又添了一种新方法：画画，他因此被人称为“妙手画医”。

“画里尤能动世人”，那一张张画，彰显出的是一颗温暖细致的心！李莉曾是李雁的患者，已经康复的她最爱与人说道的就是李雁教授为她治病的事。说着，她会从柜子里拿出收藏得很仔细的画，一共有好几张，其中一张画着腹部器官结构，在直肠部位旁边还写了个“100%”。李莉说，这是李教授为她画的造瘘术示意图，100%，是告诉她“手术无法保证100%成功，但成功的概率很高”。

就是这张画，如神笔般为她画出了一条通往温暖光明的路，她一

扫心中的寒冷与阴霾,放下恐惧和疑虑,从北京来到武汉住院治疗。

心中有温暖,笔下有春风,一支极为普通的水性笔也就成了病人眼中的神笔。那还是20多年前,李雁刚工作时。一天,他接诊了一位女病人,当他问对方一句话时,一连说了几遍,可对方摇着头说“听不懂”。

原来病人来自外省,只听得懂本地的方言,笔谈吧?她又不识字。李雁着急,病人也急得冒虚汗,不知道怎么办才好!这时,李雁突然看到墙上张贴的宣传画,眼前不禁一亮,病人不识字,但一定看得懂直观形象的画!

李雁于是笔下“沙沙沙”,直线弧线曲线画了一张,那女病人看了看,想了想,明白了。最后,他画了病变部位和手术方案,女患者点头同意了治疗方案。

这件事,让李雁对医生这个职业有了更深刻的认识,望、闻、问、切,就是医生在和病人交流。自古以来,人们就明白医生与病人的交流是极其重要的。但医生是一种专业性极强的工作,人们由于对疾病和治疗懂得太少,生病后难免产生焦虑和恐惧感,轻则对医生的治疗不配合,重则会对医生产生误会。其实,只要医生用心画一张画,就能在医生和患者之间架起一道宽敞通达的桥梁。

从此,画画成了李雁教授给病人看病必做的一件事。如有一位结肠癌转移腹膜癌患者,在两个多月的住院治疗期间,李教授给他画过腹腔、胸腔示意图,画过肝、肾、升结肠、降结肠等脏器的位置,画过肿瘤长在什么地方,手术可能出现什么情况等,让这位患者与其家属对疾病有了比较深入透彻的了解与认识,并说:“我们对李教授的诊断治疗是非常有信心的。”

一边讲一边画，已成了李雁多年的习惯，每接诊一位患者，他少则画一两张，多则十余张，粗略推算，工作 25 年以来李雁至少画了 一万张。

“诗句到梅花，春风十万家”，对于李雁教授，我们可以说，“画画慰病人，春风千万家”，这 一万张画，无疑是拂开病人们心结最温暖和煦的风。

在医患矛盾愈演愈烈的今天，跟患者积极地去沟通，无疑是医生最重要的事情。给患者多一点爱，我想，就没有那么难沟通了。

水一样的声音

若荷

在孩子的嘴上和心中，母亲就是上帝。

——英国谚语

因工作需要，我调进单位里一个新科室，报到的第一天，便听同事谈论到自己的孩子，她们都是三十岁出头，孩子才上小学或幼儿园的年轻母亲。

一位同事说，她的女儿学习成绩很不错，学习态度很认真；另一个同事讲她的女儿业余爱好广泛，喜欢唱歌跳舞。她用缓缓的语气描述女儿在某次学校歌咏比赛时的参赛心情，并打开女儿历次参加活动的留影给我们看，女儿的各种神态被她巧妙地摄入相机，存放在了电脑里。我们一边羡慕地看她女儿的照片，一边叹息着自己的红颜老去。给她出主意说做成相册吧，等到女儿长大成人或出阁的时候，这便是送给她的最好的礼物，永久收藏！

有一次，她在网上搜索韩剧《大长今》主题曲的歌词，打印了许多份，我们每人要了一份。拿着歌词的她说也会唱一点点，我们就鼓励她唱几句。正是中午休息时间，她就轻声哼唱起来，一边唱，一边说是跟女儿学的，唱不好，她的女儿的歌唱得才好听，"小孩子嘛，总比大人强，唱出来的声音就和'水一样'"。

"水一样的声音"？我惊讶她用了这样一个生动而别致的形容。她不说女儿的歌声有多"嘹亮"，不说有多"甜美"，而是用了"水一样的声音"，来比喻那种只属于孩子的纯净。我在心里默默沉吟了一会儿，用"洪亮"、"甜美"之词语与"水一样的声音"反复比较了一下，同样是形容歌声，而前一种的感觉虽华丽却单薄了许多！

下班时间快到了，她的女儿准时来办公室取歌词。上三年级的女儿虽然娇小，却有一副小大人的模样，显得很懂事。大家鼓掌为她女儿助威，说必须唱一遍《娃娃》，才能拿走那份歌词，小女孩就真的大胆唱起来，纯净的童声里是没有杂质的稚嫩，那声音就如同不加和弦的琴声，叮叮咚咚，每一个音符都是那么干脆，那么清晰入耳，果然是毫不修饰的“水一样”的质地。

已经很少有机会听到这样的童声了，曾经做过幼儿教师的我，自从离开幼教岗位，每天面对纷乱的工作以及抛不开的种种烦恼，再也没有停下过匆忙的脚步，或静下心来饶有兴味地欣赏一下孩子们的歌声。看着女孩在我们的称赞下愉快的模样，以及同事含而不露温馨于爱的笑容，心中突然涌上一阵莫名的感伤。

《大长今》的主题歌里有这样一句：“看风筝飞多远未断线 / 看一生万里路路遥漫漫 / 看牺牲的脚步尽化温暖 / 暖的心爱追忆你的微笑 / 滔滔风雨浪心声相碰撞……”优美婉转的乐曲和歌声已深深地将我打动，而比词曲更能打动我的，却是同事称赞孩子的那句“水一样的声音”。

是啊，一声赞美，一份欣赏，对那些正在灿烂成长着的孩子来说何其重要！欣赏便是一种喜欢，一种陶冶，一种播种，更是一种收获。欣赏的本质是热爱，母亲欣赏孩子，就像欣赏心中的太阳，种下的是信心，收获的是灿烂。这种纯朴母亲眼里的欣赏观，有助于使更多的人用全力以赴来架起由平凡通往辉煌的桥梁。

“我爱您！妈妈，您从来不说我比别的孩子差；您总是在我干的事情中，寻找值得赞许的地方；我怀念和您在一起的所有时光。”比尔·盖茨说。原来，这位大器早成、独步天下的亿万富翁，从他母亲那里得到了一份被母亲忘记了的珍贵礼物——欣赏。

“水一样的声音”，看似与爱无关，心头上却是对孩子的一片关怀，有母亲对孩子的褒扬，有从心底里的一份爱融入其中，有一个举止一个眼神都带有微笑的自豪，是充满了母爱的光辉，以及由衷的赞赏！

母爱是温暖的，像水一样的声音。温柔，耐心，持久。

为了春天不忧伤

冠豸

见其诚心而金石为之开。

——《韩诗外传》

春天初二时才转学到我们班。从他走进教室到现在，我都不曾见过他笑。他总是表情漠然，一只眼睛里盛满忧伤。春天只有一只眼睛，另一只眼睛在他小时候被鞭炮炸瞎了。

春天坐我前桌，我从不曾见他上课时举过手，和我们踊跃举手，抢着回答老师的问题相比，春天安静多了。可是第一单元的各科小测后，闷声不吭的春天却以各科都全班第一的成绩让我们震惊了。

在我们热情地为他欢呼雀跃时，他却一点欣喜表情都没有。刚开始，我们以为他初来乍到不好意思，后来有一段时间了，他依旧这样，我们就觉得这个同学怪怪的，不合群，甚至说他清高。

春天应该知道我们在背后议论他的事，有几次，就算他还在教室，也有同学在背后小声嘀咕，骂他是独眼龙，目中无

人。春天依旧没有反应,他从不解释,也不主动与人说话。他的脸上永远覆盖着一层薄薄的冷霜,那副拒人于千里之外的表情让我们恨得咬牙切齿。

在春天来我们班之前,我们班可是年级最团结的班。大家和睦相处,其乐融融。我这个班长,看在眼中,乐在心里。毕竟我是大家推选出来的班长,他们的拥护和支持是我莫大的骄傲。春天的不合群,让我感觉到自己的失职,于是我主动找他聊,希望能打开他的心扉,帮助他早日融入我们这个班集体。

可是我的好意却被春天拒绝了,他说:“我为什么不能按自己的方式过呢?”好心被驴踢,我气坏了,心里想,这个独眼龙真是不知好歹。他有个性,我难道就没个性?如果不是为了整个班级着想,我才懒得理睬他。

怀着一肚子的怨气,我找老班投诉,也想从老班那里了解一下关于春天的来路。老班告诉我说,春天的父亲几年前得肝癌不在了,他的母亲又遭遇车祸去世了,他转学过来,是因为这里是他母亲的娘家,有疼爱他的外公外婆。老班还说,春天的外公外婆和他住在一条街上,他很早以前就认识春天。“他是个命苦的孩子,小小年纪经历了两次至爱亲人的生离死别……小时候他很可爱,后来再见到他时,就变得沉默不语了,对他一定要有耐心。”老班说。

听着老班的话,我都震惊了,原来春天是一个可怜的孩子,那么小就要独自面对父母双亲已经不在的事实。生活在他面前展开了一页页残酷的真相,小时候眼睛炸瞎,后来父亲病逝,现在母亲也走了,唯有年迈的外公外婆是他的依靠,他怎能不忧伤?

再看见春天,我内心里隐隐作痛,恨自己还没弄明白真相时,就对他产生了误会。他不是清高,不是孤傲,他只是还没有走出失去双亲的痛苦深渊。那么沉重的打击,他能笑得出来吗?可是我想帮助他走出这段阴霾般的噩梦,让春天不再忧伤。

我想了很多办法,可是一一被我否认。我相信,春天需要的不是同情,如果我以一个同情者的姿态进入他的世界,一定会被他排斥,而且我还会伤害他年轻的自尊,唯有成为值得他信赖的朋友,才能打开他的心扉,让他找回久违的微笑。

毕竟是前后桌，我找春天说话很方便，虽然刚开始时，他不大理睬我，但我不依不饶，就算面对他的冷面孔，我也保持一脸笑容，我相信笑容可以温暖一颗孤独的心，笑容可以传达我的友善。

我还在班级里召开了一个除春天之外的紧急会议，我把我从老班那所知道的情况告诉了大家，看着大家惊愕的表情，我说："确实是这样的，刚听到这事时，我也不敢相信春天所承受的痛苦。他是这个班的一分子，我们有责任帮助他找回希望，为了春天不再忧伤，我们都要行动起来……"我有点激动，说得慷慨激昂。大家议论纷纷，提出了种种建议，虽然之前因为不了解，对他有过看法，但知道真相后，还是积极参与。大家的看法和我完全一致，要不着痕迹地打开他的心扉，谁都不愿意被人同情。

有同学在课间时，很自然的拿着习题去请教他，毕竟他的成绩在班上最好，请教他难题不会引起注意；也有同学会很顺便地请春天帮点小忙，然后就顺理成章地和他搭上话；有个女生最直接了，她喜欢买零食吃，有天买回一大堆放在课桌上，大声嚷着，见者有份，拒绝无理，于是她一个个分发下来。我注意到她把零食递给春天时，春天很不自在。春天还没开口，她却先说了："不能不要，我会生气的。"然后走到我旁边，把零食递给我，还对我眨眼睛。我明白，她是想告诉我，她终于成功地让春天参与了一次全班级的事件，虽然只是吃零食，但有个开始总是好的。

大家都用自己的方式，让春天融入到班级的各种活动和事件中。大家都很小心，不能让春天感受到他的特殊。我们还商谈好，不能在班级里谈论车祸、伤病之类的事，怕惹他伤心。

看着用心良苦的同学们，我真为自己处在这个班集体感到骄傲，他们的善良和真诚一次次拨动我内心深处最温柔的那根弦。春天或许也感受到了吧，我注意到，他眼中的忧伤渐渐淡了。

我们就把他当成班级里很普通的一员，没有人会私底下议论他的独眼，更没有人故作同情，做出一些让他反感的事情。一切都是悄悄地，不着痕迹地进行，让春天一点点融入到我们班，让他不再觉得孤单。

为了春天不忧伤，我们愿意为他做很多事情，当然，我们也在做这些事情时得到了锻炼和成长，我们学会了理解人，学会了尊重别人的隐私，亦向春天学会了隐忍和坚强。

人生旅途上，无论遇到什么，我们都要用一颗勇敢的心，认真面对。

人性本善。在别人渴望理解的时候，我们走近他的身旁，感受他的无奈，并为他做些什么。爱会让一个人勇敢并且迅速成长。

你真是个好孩子

木子

赞扬是一种精明、隐秘和巧妙的奉承,它从不同的方面满足给予赞扬和得到赞扬的人们。

——拉罗什夫科

“黑柳彻子,你站起来,你真是个不听话的孩子,你就喜欢看着窗外。”讲台上,一个年轻的女老师突然发出严厉地喊声,班上的同学全都扭过头去,看着那个叫黑柳彻子的人。

一个六七岁的小姑娘听到老师叫她,从座位上站了起来,眼睛还不时瞥向窗外。

老师怒气冲冲地走到小姑娘的跟前,顺着小姑娘的视线向窗外看去,只是窗外一片寂静,什么也没有。老师不解地问:“这窗外什么也没有,你为什么总喜欢看窗外?”

小姑娘稚嫩地回答道:“不,我看到了操场上有几只小鸟在飞来飞去,还有阳光照在树叶上闪烁着金色的光芒,我还感受到风从操场上刮过的声音。”

老师气急败坏地怒吼道:“黑柳彻子,你还敢和老师犟嘴,明天将你妈喊来,如果再这样下去,就将你开除。”

黑柳彻子上小学二年级,什么东西在她眼里,都要观察个不停。那个年轻的女老师,已将她的妈妈喊来多次了,可效果一点也不明显。

放学了,小姑娘蹦蹦跳跳走出校外,忽然,她看到母亲站在校门口一棵树下在向她招手。小姑娘欢喜地喊了一声“妈妈”,然后张开双臂向母亲跑去。

母亲蹲下身子，紧紧地拥抱着女儿。小姑娘忽然发现母亲哭了，吃惊地问道：“妈妈，您怎么哭了？”

母亲用手抹着眼泪说道：“彻子，妈跟你商量一件事，我们换一所学校上学好吗？”

小姑娘拍着手叫道：“只要有操场、小鸟和树叶闪烁着金色的光芒，那我就去。”

母亲听了，眼泪又哗哗地流了下来。其实母亲不忍心告诉女儿，她是被学校开除了，她要为女儿重新找一所学校。

母亲带女儿到了一所名叫巴学园的小学校。小姑娘一进校园，就看到了操场四周，有小树，小树上的叶子闪烁着金色的光芒，小姑娘张开双臂高声欢呼着，在操场上欢快地奔跑起来。

小女孩欢快地笑声，吸引了操场上一个满头银发老伯伯的眼光，老伯伯用手招呼道：“小姑娘过来，你叫什么名字啊？”

小姑娘跑到老人的跟前，笑道：“伯伯好，我叫黑柳彻子，是刚转到这所学校的。”老人笑着问：“我们这所学校好吗？”

小姑娘仰起头，眨着一双清澈、明亮的眼睛说道：“好，这所学校里有操场、小鸟，还有树叶上闪烁着金色的光芒，是我理想的学校。”

老伯伯欢喜地用手在小姑娘的头上摸了一下说道：“你真是个好孩子！”

小姑娘听了，愣愣地望着老伯伯，眼泪突然流了下来。老人吃惊地问道：“小姑娘，你怎么哭啦？”

小姑娘抹了一把眼泪，哽咽道：“我第一次听人说我是个好孩子，在以前那所学校里，老师都叫我是个傻丫头，一点也不喜欢我。”

老伯伯拉着小姑娘的手说：“不要哭了，我说你真是个好孩子就一定是个好孩子！走，我带你到新班级报到去。”

彻子在巴学园开始了一种崭新的生活，她感到快乐极了。她还常常站在窗前眺望着窗外。她看到，操场上不时有小鸟从天空中飞过，小树上的叶子闪烁着金色的光芒……

时间过得真快啊,黑柳彻子在巴学园度过了难忘的少年时光。那个喜欢静静地伏在窗前看窗外景致的小姑娘,渐渐长成大人了。

那是一个温暖的午后,黑柳彻子又伏在窗前,眺望着窗外的景致,忽然,少年时代在巴学园学习的情景,像电影蒙太奇一样,在她眼前闪现。

突然,有一种灵感冲动,她转身坐在写字台前,铺开稿纸,写下了一行字:"窗边的小豆豆。"随后,她一口气写了下去,写了一个名叫小豆豆的小姑娘,在巴学园的快乐成长旅程。

书稿很快写完了,她将书稿投到出版社。很快,这本名叫《窗边的小豆豆》的书出版了。这本书一出版,立刻轰动了日本,人们被书中的故事深深打动了。这本还被翻译成世界许多国家的文字,成为世界发行量最大的书籍,人们说,这本书就像是一面镜子,发现了我们在教育问题上所遇到的困惑和痛苦的根源。

黑柳彻子在接受记者采访时说道:"小时候,我曾被学校开除,后来,我转学到了巴学园,在这所学校里,我感受到了平等、关爱、尊重和理解,特别是小林校长对我说得那句话,'你真是个好孩子'!让我记住了一辈子,也使我成长为一个充满自信、快乐和勇敢的人。教育并不复杂,有时仅仅一句'你真是个好孩子'!就能彻底改变一个人。"

有一种爱不需要你去做些什么,只需要一声安慰或者鼓励,便可以让对方重拾生活的信心,便可以很好的成长。不要吝啬你的赞美,这样或许就可以让一个人重新燃起生活的信心。

向左走向右走

学学

世界上没有更好的路，你选择的那条坚持下去就是最好的路。

——卢思浩

“毛姆，小矮子，结巴子，讲不出，急得哭！”放学了，一群七八岁的小学生对着前面一个与他们一般大的男孩背影，嘻嘻哈哈说出了一番顺口溜。

那阵阵嘲笑声，像一把锥子深深地刺痛了那个男孩的心。那个男孩回过头来，看到班上的那些同学冲着他幸灾乐祸地嬉笑着，他恨恨地看了他们一眼，然后委屈地调转头，跑进了路边的小胡同里。

毛姆是一个十分可怜的孩子。他的父母在他很小的时候就因病先后去世了，他成了孤苦伶仃的一个人。他长得矮小、瘦弱，因自卑、胆怯和无助，他患了严重的口吃，一句话要憋好半天，才结结巴巴讲出断断续续几个字。看到人们冷漠不屑的眼光，毛姆心里很难受。

毛姆上小学三年级了，一个名叫珍妮的老师开始带毛姆这个班。珍妮是一个大学刚毕业不久的大学生，她一带这个班，就发现了毛姆这个孩子总是孤零零的一个人来来往往，她感到很疑惑：毛姆为什么不喜欢和其他同学在一起呢？

一天，珍妮喊毛姆站起来回答一个问题。毛姆站了起来，脸憋得通红，也张不开口。有同学嬉笑道：“毛姆是个结巴子，肚子里有话讲不出。”话音刚落，立刻引起全班同学哄堂大笑。

珍妮全明白了，她请毛姆坐下来，对全班同学深情地说道：“我给大家说一个故事吧。”

同学们听说老师要讲故事，一下子来了精神，全都抬起头，听老师讲故事。

珍妮说道：“我从小生活在一个单亲家庭里，父母在我很小的时候就离婚了，我和父亲在一起生活。父亲是一个酒鬼，每天都喝得酩酊大醉，对我从来不管不问，久而久之，我患了严重口吃的毛病，一句话结巴了半天也说不完，我变得更加自卑、胆怯和无助。”

“这一切，都被街坊一个名叫黛丝太太的老妇人看在眼里，她看到我从她家经过，和颜悦色地喊住了我，她抚摸着我的头说道：‘孩子，口吃不是什么大不了的事，许多孩子在她学讲话时，因受环境、教育、家庭等环境因素的影响，患了口吃的毛病，其实，只有克服自卑、胆怯的心理，大胆地练习朗读，就一定会克服口吃的毛病。’”

黛丝太太又说道：‘别怕，孩子，向左走向右走，都能走到成功的彼岸，每个人都不可能朝着一个方向行走。’”

课堂上鸦雀无声，同学们都聚精会神地听珍妮讲着故事，有的同学边听边在认真地思考着什么。毛姆脸上闪烁着幸福的光芒，他望着珍妮，眼里闪烁着感激的泪光。

珍妮讲完了，她走到毛姆跟前，轻轻地拥抱着毛姆，她拍了拍毛姆的后背，说道：“毛姆，别怕，向左走向右走，都能走到成功的彼岸，每个人都不可能朝着一个方向行走。”毛姆眼睛里早已滚落下滴滴泪珠，他用力地点了点头。上课时，珍妮小姐喜欢喊毛姆站起来发言，每回答完，珍妮都热情地鼓励他，说他回答的很好。珍妮在班上成立了一个演讲表演队，许多同学都积极报名参加，珍妮鼓励毛姆也来参加。

毛姆嗫嚅道：“我……我……能行吗？”

珍妮热情地说道：“怎么不行？你知道我的故事吧，我参加学校的演讲比赛，还获得了第一名呢！”

毛姆听了脸上露出兴奋的光芒，用力点了点头。

毛姆参加了演讲表演队，与同学们一起大声说话，慷慨激昂。在演讲中，毛姆看到了力量,还有希望……

很多年以后,已成为英国20世纪上半叶最受读者欢迎小说家的毛姆,在他的许多文章里,都有着珍妮的影子。

他在出席《月亮和六便士》这本书出版发行仪式上,对来宾们深情地说道:“我曾经是一个口吃很严重的孩子,我是那么自卑、胆怯和无助。是珍妮老师让我树立了对生活的信心。大学毕业后,我原来是当了一名医生,后来,我选择了当一名作家。因为珍妮老师告诉过我,向左走向右走,都能走到成功的彼岸。”

人们听了毛姆的演讲,心情久久不能平静。许多同学回到学校写了这样一篇作文:题目是:《向左走向右走》。

人生有好多个出口,当然也就有好多个方向,无论从哪个方向出发,只要自己坚持走,便一定可以到达成功。

我只能帮你到这儿了

学学

真正的自由属于那些自食其力的人，并且在自己的工作中有所作为的人。

——罗·科林伍德

亚当斯是南美洲玻利维亚一位著名的房地产商，最近，他又在嗒里哈省开工了一个新项目，这个新项目建成后，将成为嗒里哈省最大的现代化的商业城，里面有五星级酒店、度假村、住宅区等设施。

一天，亚当斯来到建筑工地检察工程进程情况。亚当斯虽然是一个大企业家，但他每次外出，都轻车简从，自己开车，也从来不用什么专职司机和保镖，只有一个秘书跟着他。他常说，我虽然是个大老板，但也要节约每一分钱，绝不能奢侈浪费。确实是这样的，他身边的人都知道，亚当斯生活很节俭，午饭常常是简单的一盒快餐，他手腕上的那块手表，也是才值20块玻利维亚诺的电子表。

突然，一个妇人带着两个小姑娘来到他的面前。妇人向亚当斯泣诉道："自己本来是住在这个地方的，后来土地征迁，她家搬迁到达瓦尔地区了，我没有工作，孩子的父亲是一名卡车司机，工资又低，家里一点也照顾不了，您是一个大富翁，帮我在这儿找一份工作吧！"

亚当斯不仅是一位腰缠万贯的大富翁，也是一位慈善家，每年都要为慈善机构捐款达几亿美元，平时，他要是看到需要救助的人也总是慷慨解囊，人们都亲切地称他是大善人。看到眼前这位妇人的哭诉，亚当斯也同样动了恻隐之心，于是问道："请问你有什么文化和特长呢？"

妇人说道："我没有什么文化，我只会做家务。"

亚当斯思考了一下,说道:“这样吧,你在工地食堂后勤帮忙干活儿,每月 2000 玻利维亚诺。”

妇人听了高兴得喜极而泣,不停地说道:“您真是个大善人啊!”

过了一段时间,亚当斯又来到这里检察工作,突然,一个妇人挡在了他面前,那妇人说道:“亚当斯先生,您还认识我吗?”

亚当斯看着眼前的妇人,努力地想了一下,还是摇了摇头。

妇人说道:“我就是上次在这带着两个孩子,求您帮助的那个妇人啊!”

亚当斯这才想了起来,问道:“你现在还好吧?”

妇人眼睛一下红了,她抹了一把眼泪,哽咽道:“我的男人开着大卡车,一直奔波在外,一直照顾不了家里,工资又低,我想求您,让他到这里来开车好吗?”

亚当斯一愣,微微皱了一下眉头,沉吟了片刻,说道:“好吧,那就让他到这工地开车吧,每月 3000 玻利维亚诺。”

妇人听了立刻喜极而泣,不停地说道:“您真是个大善人啊!”

望着亚当斯进了轿车,自己坐在驾驶室里,妇人脸上露出惊愕的神色。

商业城如期完工,嗒里哈省省长和许多来宾都来到现场表示祝贺。在竣工现场,亚当斯当场宣布,再次向慈善机构捐款 2000 万玻利维亚诺。亚当斯的举动,引起了现场一片喝彩声。

竣工典礼结束了,亚当斯走向自己的轿车,正要打开车门,一个妇人来到了他的跟前,那妇人问道:“亚当斯先生,您还记得我吗?”

亚当斯望了望那妇人,笑道:“记得,你现在还好吗?”

妇人眼睛一红,抹起了眼泪,说道:“我家男人在工地开车太辛苦了,让他来给您开车好吗?这个工作既体面又轻松,和您在一起,他还能学到许多做生意的诀窍,说不定他将来也会像您一样,成为腰缠万贯的大富翁,那我再也不用辛苦地干活儿了。刚才我在现场看到了,您又捐了那么多钱,我真羡慕啊!”妇人脸上露出激动的红晕。

亚当斯身体摇晃了一下，他扶了一下车门，才站稳了脚。亚当斯脸上露出一丝不快，他淡淡地说了句："对不起，我只能帮你到这儿了！"

说罢，坐进了驾驶室，他好像想起了什么，将车窗摇了下来，说道："我曾经也是一名卡车司机。"说罢，小车绝尘而去。

妇人望着远去的小车，一脸失望的神情，她将手中一样不知什么东西，狠狠地摔在了地上。

这一幕，被正在现场采访的记者迪亚斯看见了，随后，他在玻利维亚《拉美联合新闻报》发表了一篇文章，题目是《我只能帮你到这儿了》。记者在文章中写道："人性从最初的基本需求，最后发展到一种贪婪，这就有违人性最本质的善良。慈善不是无止境的索取。对慈善的需求，如果有违背最初的需求，那就是对人性的亵渎和践踏，那是任何人也帮不了你的。"

慈善是爱心，可是如果过了，便成了溺爱，给予得越多，越觉得理所应当，便索取得越多。

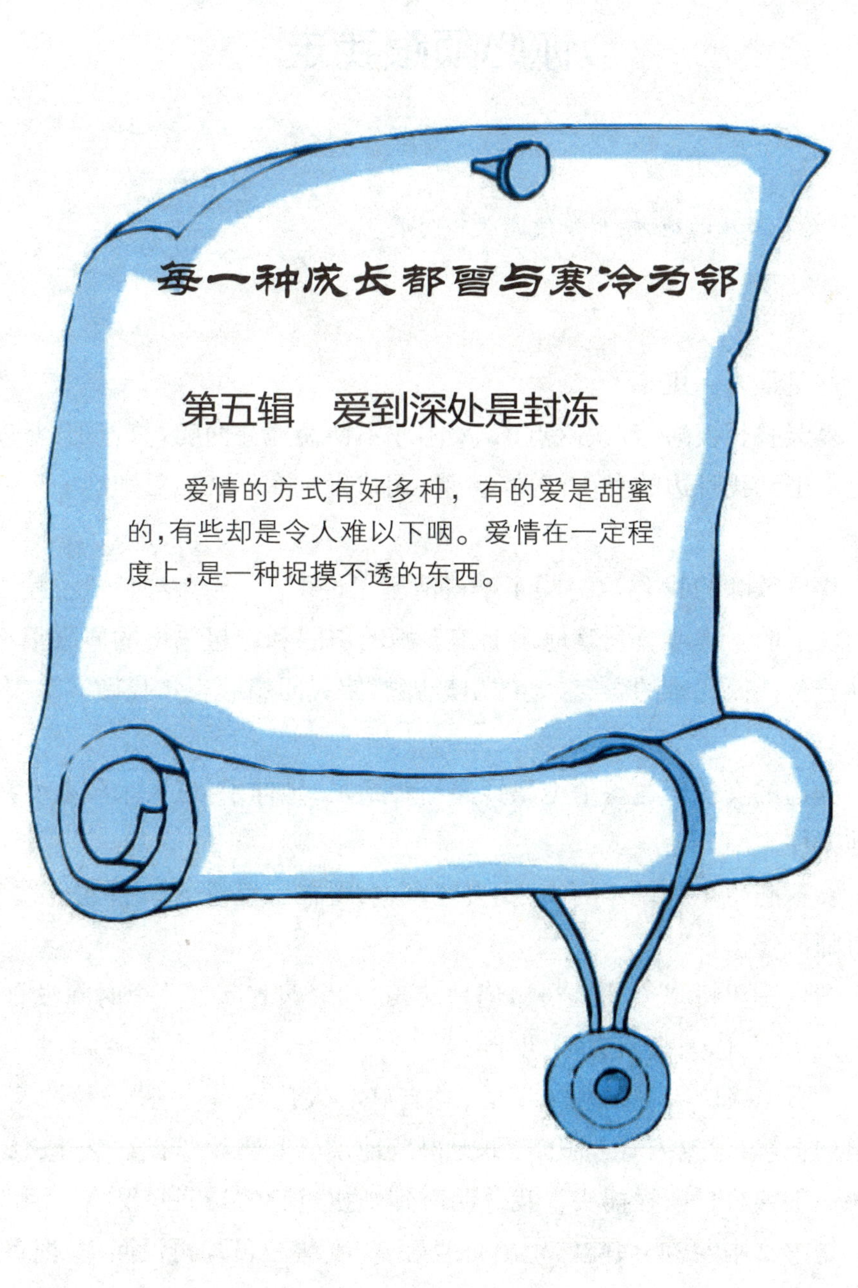

第五辑　爱到深处是封冻

爱情的方式有好多种，有的爱是甜蜜的，有些却是令人难以下咽。爱情在一定程度上，是一种捉摸不透的东西。

你必须跟我走

周月霞

爱之花开放的地方,生命便能欣欣向荣。

——梵高

这是最末一班车了。

夏天昼长夜短。都快六点了,太阳才不情愿地往西爬。算上那个气喘吁吁跑上来坐到我身边的女孩,正好满座。司机发动车子,满意地吆喝了一句:“走着!”

昏昏欲睡的我,给这一嗓子嚷得清醒了许多。一个戴红色旅游帽,身材高挑而瘦削的女售票员利落地跳上车。她的眉眼和影星朱琳的眉眼很相似,脸上挂着矜持而优雅的微笑。她的出现骤然使我回想起当年我做客车售票员的时光。

身边的女孩笑盈盈地把票钱递给售票员,她伸手接过,呆望着女孩,笑容猛地凝住。

女孩脆生生地说:“阿姨,我去邢家屯,得在三里桥下车。您别忘了到站让司机师傅停车!”

“哦,三里桥。”女售票员诺诺地应声,却紧跟着问:“这个时间没有去邢家屯的班车了,你怎么回家呀,步行?”

“那个路口有很多顺风车的,总有好心人让我搭……”女孩浓密的长睫毛自然上翘,她忽闪着大眼睛,不无得意地说。女售票员欲言又止,认真看了女孩一眼,叹口气,摇摇头。我分明看到她扭过脸的瞬间眼里噙了泪。

她怎么啦?我心底陡然生出一股好奇。女售票员却再没回头,把直挺挺的脊背给了我。女孩掏出手机，表情温柔而生动，嗯哦着跟男友打起电话。大体意思是说，她有生日礼物送他，她马上就到了……

太阳变成个大红球，努力着一天最后的跳跃。公路两旁的庄稼长势喜人，绿油油密匝匝的叶子在夕阳下闪着光。大巴车陆续丢下一个个旅人，挟着花香的晚风，飘进车窗，冲淡了越来越空的车厢里的汗渍味道。

太阳落山了，天空变成灰蓝色。女孩不时向窗外眺望，三里桥快到了。女孩低头开始整理身边的几个手提袋。

那桥越来越近，桥那头的路两旁是一人多高的夏玉米，一眼望不到边。桥栏边居然停着一辆黑色轿车。

女孩吐了吐舌头，偷偷笑了笑，她在窃喜那或许是一辆顺风车。

这时候，女售票员突然转过头看了女孩一眼，似乎想说什么，却张张嘴，咽了口唾沫。已经看见三里桥的红白栏杆了，她猛地一把扯下帽子，赫然露出满头白发。她几步来到司机身后，凑近他耳边，低声说着什么。司机诧异地看看她，回头瞥了一眼，又顺她的手指望向窗外，若有所思，使劲点点头。

三里桥就"嗖"地一下被汽车甩到身后。

"停车！我在三里桥下！"女孩噌地站起来，喊了一句。

女售票员头也不回，好像没听见。

"哎！过站啦！我要下车！"女孩急了，大声叫起来。乘客们也帮着喊，怎么到站不给人家停车啊！听见没，啥工作态度……

"停车，我要下车！"女孩从颠簸的车尾摇晃着，几步冲到女售票员面前。

女售票员伸出双手扶住女孩，她望着女孩，轻声说："孩子，你别急，你自己下车，我不放心，天都黑了……"

"关你啥事啊！我在哪儿下车是我的自由，我家人都在等我。停车，停车！"女孩咆哮起来。

"不行！今天，你必须跟我走！"女售票员脸一沉，声音提高了几度。毋庸置疑的语气突然使骚动的车厢安静下来。她长舒一口气，柔声央求女孩："孩子，我不要你车钱。阿姨真的是为了你好，我送你去邢家屯！"车厢里有旅客恍然大悟，附和着说，是啊，闺女，晚到一时没事的……人家是好心，你就别生气了！女孩也一下理解了女售票员的良苦用心，不再执拗，悄悄退回到座位上开始拨打手机。

女孩下车的时候，天已经完全黑了，她的男友早就在村口等候。

女售票员把脸紧贴在车门上，望着女孩远去的背影发呆。司机一边倒车，一边问："这是今年第几个了？"

"记不清了！不好意思，又害你多走了十来里路。可我控制不住！大眼睛、长睫毛，真的太像我女儿了，还有，庄稼地，顺风车……我的青青！十年了，妈啥时才能找到你啊……"女售票员有些语无伦次地喃喃着，她颤抖着双肩，泣不成声。

我也哭了，却没有勇气说出哭得一塌糊涂的原因。十年前，也曾有个女孩在夜幕降临时独自走出我的车门，后来就失踪了。我一直自责，当时为何不坚决地对她说："孩子，你必须跟我走！"

人生有好多遗憾，因为没能及时挽留，便再也见不到彼此了，世界就是这么大，走丢了，便再也寻不见，愿所有的父母都能看好自己的孩子，不要骨肉分离。

为爱返航

佟雨航

一个伟大的灵魂，会强化思想和生命。

——爱默生

2013年8月28日上午9点，一架上海东方航空公司MU738航班从澳大利亚墨尔本出发，正在飞往中国上海。突然，一阵急促的撕心裂肺的幼童啼哭声传来，令飞机上的乘客心一惊。

正在为旅客们准备午餐的乘务长孙蓉雯，听到幼童哭声，忙不迭地向声音方向跑过去。循着哭声，孙蓉雯来到经济舱第一排，看到一位年轻的母亲怀里抱着一个一两岁大的孩子，孩子哭声震天，手指正流血不止。年轻的母亲吓得脸色煞白，慌得六神无主，手足无措。

见此情景，孙蓉雯立刻启动旅客意外伤病处置预案，并在机舱内用广播寻找医生。不一会儿，一名护士和一名儿科医生身份的两名乘客先后赶了过来，他们主动为幼童止血、包扎、判断伤情。根据两位专业医护人员的判断，孩子的手指受伤较重，应及时送医治疗。可是这个时候，飞机已飞行了90分钟，距离航班抵达上海还有八九个小时。

怎么办？是继续飞行到了上海再救治幼童，还是立即返航回到墨尔本救治？最佳方案当然是立即返航。可是，飞机上还有其他300名乘客，他们会同意返航吗？机长感到左右为难，最后，他向飞机上的其他300名乘客征求意见。

“十指连心，孩子该有多疼啊，如果留下后遗症就更麻烦了！我坚决支持并同意返航。”一名30多岁打扮时尚的女乘客湿着眼睛说，“尽管我晚上在上海还有一个商演。”

“救人要紧，支持返航！”一位西装革履、扎着领带的中年男乘客也斩钉截铁说，“虽然我下午要和客户签订一个很重要的合作合同。”

“对，救人要紧，我们都同意返航！”机舱内的所有乘客也异口同声地附和。

幼童的伤势，牵动着客舱内所有乘客的心。

“谢谢！谢谢！我代表孩子和孩子的妈妈谢谢大家了。”机长向乘客们深深地鞠了一个躬。幼童的妈妈也满眼是泪，连连向大家鞠躬道谢。

MU738航班在万米高空优美地划了一个“U”形，开始返航墨尔本。中午11点30分，飞机回到了墨尔本，孩子立刻被送往就近医院进行治疗。经过医生检查和治疗，伤口得到了及时妥善的处理，孩子也没有生命危险。当MU738航班再次起飞飞往上海时，航班已经整整延误了4个小时。当航班平安抵达上海浦东国际机场时，已是当天深夜23点20分。飞机上的乘务人员和乘客拖着疲惫的身体走下飞机，但大家都毫无怨言。

作为该次航班旅客中的一员，网民“许仰东”把MU738航班上发生的突发事件的前后经过发到了微博上，他在微博上一连提出三个“为什么？”他说：在事发的MU738航班上，有不少旅客是中国商旅精英，出差、赶场、赴会、转机……时间对于他们而言尤其宝贵。但他们冒着飞机延误所带来的所有风险，支持返航救助受伤幼童。为什么？

300名乘客每人牺牲了4小时，共1200小时，换来了这名素不相识的1岁大的孩子不再残废的一生幸福。为什么？

为救治幼童而返航，东方航空公司损失的燃油等成本折合人民币约40万元。这还不包括飞机起降、地面服务等相关方面受到的损失。这又是为什么?

答案我想只有一个:“因为大家心中都怀有一颗仁爱之心——对受伤幼童的无私关爱之心。”

为爱返航。这首人间爱的赞歌,正在为世界上的人们传递着一股积极的正能量。

解救生命是这世界上最重要的事情,在生命面前,一切都得让路。

医者仁心

孙道荣

关爱，温暖了别人，升华了自己。

——佚名

每次去浙医二院看病，都会被大厅里的一张放大的老照片吸引。

老照片上一老一少，两个人面对面地鞠躬致礼。孩子四五岁的样子，穿着厚厚的老式对襟棉袄，头戴瓜皮帽，双手交叉在前，弯腰鞠躬，憨态可掬。站在孩子对面，与孩子相互鞠躬的是穿着皮鞋和西服，也戴着礼帽的一位长者，他的身子几乎弯成90度角，让人担心，头上的帽子会掉下来。

鞠躬是旧时国人间的大礼，孩子向大人、长辈、尊者鞠躬致意，是很正常的，可是，却很少看见大人、长辈、尊者，向孩子鞠躬的。细辨，老者还是一位外国人。这就更奇怪了。

老照片背后，有感人的故事。这张老照片，拍于100多年前，照片上的老者，是这家医院的前身广济医院的院长，苏格兰医生梅藤更，而孩子是梅医生的一名小患者。一天，梅医生清早查房时，一位小患者彬彬有礼地在病房门口向梅医生鞠躬，深谙中国礼数的梅医生也深深鞠躬回礼，这一温馨场景恰好被一名摄影师记录下来，遂成经典瞬间。

梅滕更,1856年出生于苏格兰西南部艾尔郡。1881年,25岁的梅滕更完成医学培训课程后,和结婚才两个月的新婚妻子一起来到杭州。在教会的资助下,梅滕更和他的助手建起“广济医院”,取“广济救世”之意,它就是浙医二院的前身。梅医生在这里整整工作了45年,直到退休回国。1881年他到杭州时,医院简陋之极:没有自来水,没有电,没有药房,没有手术室,而他离任时,广济医院已经拥有了500张病床、3个手术室、住院病人4000例左右,成为全国最大的西医医院之一。

在浙医二院,至今还流传着许多关于梅医生和病人的温馨故事。一个广为人道的小故事,也是梅医生和一名小患者之间的。当年有个四五岁的小病人,从来不笑。冬天,他穿着厚棉袄,像个矮脚鸡,梅医生就模仿大公鸡,把腰弯下来,慢慢直起,身子尽量往后仰,学着公鸡的样子,“咯咯咯”打鸣,小病人被逗得忍不住哈哈大笑。

逗病童开心,与小患者鞠躬行大礼,这都不是一个医生所必须做的,也与医术无关,但是,我相信,对这两名小患者来说,外国人梅滕更,不仅是个医生,还是个慈祥的长者,在为他们解除病痛的同时,也带给他们快乐,还有平等和尊严。

在梅滕更的自传中,他提到理想的好医生,应该具备“3H”,即Head(知识)、Hand(技能)、Heart(良心)。知识和技能,可以治好病患的疾病,而良心,则是医患关系最好的一剂良药。很多时候,一名好医生缺少的往往既不是Head(知识),也不是Hand(技能),而恰恰是Heart(良心)。浙医二院将这张老照片放在大厅里,想要表达的也正是医生和患者都无限向往的那种和谐、温暖的医患关系吧。

我认识一位老医生，很难说他的医术有多高，他连正规的医学院都没上过，属于半路出家，但是，周边的老人，都喜欢找他看病。我也陪家中的老人去找他看过病，检查完了，开好了药，他都会让病人到药房拿了药之后再来一趟，告诉病人，哪个药是饭前吃的，哪个药是饭后吃的，吃药期间有什么忌口啊等，末了，再叮嘱几句，别贪凉、莫吃生食、不要再抽烟了。病人一一记住，连声道谢而去。对每一个病人，他都这样不厌其烦。

老医生所做的，其实就是比别的医生多嘱咐了那么一两句话，这句话，未必治病，但肯定温暖人心，有时候，甚至比药还管用。

有时候医术甚至不是第一位的，而是爱心，一个心怀爱心的人，一定是对患者负责的。

最珍贵的不是画

凤凰

夜把花悄悄地开放了，却让白日去领受谢词。

——泰戈尔

刘利民不是画家，却整天想着画画，整天就知道画画。虽然他画了不少，却一直没有成名，命运好像一直在跟他开玩笑，现在，他家徒四壁，不得不抱着画出去卖。刘利民走出村子，走进了城里。一进城，他就走进了一家商店。他一走进商店，老板就赶紧上前笑脸相迎，连忙问他买什么。刘利民说："老板，我不买东西，我是来卖画的！"

老板看了刘利民一眼，说道："卖画？我不买，去去去！"老板说着就冲他挥手。看老板不耐烦的样子，刘利民打开了自己的画，说道："老板，你看看，我画得很好，你就买一幅吧，我只收你十块钱……"老板再一次挥挥手说："去去去，就是一分钱，我也不买！什么破画，还想拿来卖钱！"说完，老板把脸转开，再也不看刘利民一眼。

刘利民心里那个气呀，没法说，眼泪差点都掉下来了。不买就不买吧，也用不着这么打击人啊！破画？这是破画吗？这些画，哪一幅都是刘利民花了心血，精心画作的作品。刘利民抱着画，退出商店。然后，他去了下一家商店。结果，他同样遭到了拒绝。一上午，刘利民走了十几家商店，不但一幅画没有卖出去，还遭到了一次又一次的嘲笑。

无精打采的刘利民准备回家了。这时，他看到前面一家商店的老板正看着他，他想，不如再去问问他吧。现在，他太需要钱了，他得抓住机会卖画。刘利民走了过去，他说："老板，买幅画吧！虽然现在我不是画家，但将来我会成为画家的，我成了画家，画就很值钱了。现在我只卖十块钱，你就买一幅吧！"刘利民说着把手中的画递了过去。

老板接过了刘利民的画，打开看了看，然后笑着说："你画得很不错啊！十块钱，太少了，这样吧，我给你一百块钱，这画我要了！"老板真是爽快，把画收起来，然后就给了刘利民一百块钱。刘利民捏着钱，连忙对老板说道："谢谢，谢谢！"刘利民太激动了，太兴奋了，他的画居然卖出去了，而且还卖了一百块钱，这是对他的肯定啊！

卖出去的这幅画，给了刘利民帮助不说，还给了他巨大的信心，让他坚持了下来。十年后，他终于成为了一名著名的画家。这时的他，有了别墅，有了豪车，而且每一幅画都价值不菲。当然他不再轻易画画，也不再轻易出售。这时，与他交往的都是达官贵人。而想得到他画的人更是排起了长队。可是他却一概拒绝，重金也难求一幅画。

既然从刘利民手中得不到他的画，于是人们就从别的地方购买。有一天，刘利民听说有人手中有他早期的作品，而且是他卖出去的第一幅画，找那人买画的人络绎不绝，各个都出价很高，但全都被拒绝了。这时，他想起来了，他的第一幅画卖给了一个商店老板。他想，那是早期的作品，还是卖出去的第一幅画，太珍贵了，得把它买回来！

刘利民经过多方打听，终于找到了那位老板。此时，老板已经成了一个老人。刘利民告诉老人，自己就是当年的那个年轻人，当年，他帮了自己，现在，自己拿两幅画来换那幅画。老人说："换啥换？我把它给你就是了！"老人找出那幅画，给了刘利民。刘利民见老人不肯收这两幅画，便问老人："大家出那么高的价，你为什么不卖啊？"

老人说:“我卖它干啥?换钱吗?它可是你早期的作品,画得不怎么好,我要是卖出去了,一传开,大家就会笑话你。我可不能让人笑话你,你是名家啊!要是一笑话你,说不定你的画就不那么值钱了,那我不是毁了你吗?”刘利民不由吃了一惊,原来老人捂着这幅画不卖,并不是为了惜售,为了赚钱,而是为了他的名声,为了他的未来。

刘利民说:“当初你买我的画,并不是为了留着赚钱?”老人笑着说:“当然不是。那时,我看你连进十几家店都一无所获,我怕你经不起打击,才出高价买了你的画。现在,你成名成家了,我很高兴,我帮对人了!”刘利民感动地说:“谢谢您!是您成就了我!”他决定改天登门送老人十幅画,因为最珍贵的不是画,而是老人的善良。

有些爱是无声的,后来才会发现。感谢那些默默支持自己的人,没有当初那些无声的鼓励,恐怕就没有今天成功的自己。

送个假期给爸爸

宝谷

女儿是父亲的贴心小棉袄。

——俗语

作为世界500强企业的员工，向公司请几天假放松心情，难度有多大？估计没人能给得出准确答案。但凡事都有例外，对于请假，有时人们要做的仅仅只是提要求。近日，互联网巨头谷歌里的一名员工就因为女儿的稚嫩请求而获准休假一周。

谷歌的这名员工名叫布鲁克，是个设计员，他的女儿凯蒂7岁了，可爱又漂亮。自从几年前进入谷歌工作，布鲁克就极少有时间陪伴女儿，因为他一周仅有一天的休息时间。2014年6月末的一天晚上，小凯蒂跟爸爸聊起了生日。

凯蒂问："爸爸，7月2号是您的生日，您能留在家里过生日吗？那天是周三。"

布鲁克答："很抱歉，亲爱的，如果是周三的话可能不行，爸爸请不了假。"

凯蒂听完一脸难过，转身回屋了。过了大约半小时，她拿出一封已经封口的信放到了布鲁克手里。凯蒂问："爸爸，您能帮我将这封信交给您的上司吗？"

布鲁克一脸好奇："给我的上司，为什么呢？"

"我想送给您一份生日礼物，前提是您必须先帮我这个忙，可以吗？"

看着女儿那张天真的脸，布鲁克答应了。

第二天，布鲁克敲开了自己上司、谷歌高级设计主管丹尼尔办公室的门，递上了那封信，并解释那是自己的女儿凯蒂写的。做完这些，他就退出去工作了。

竟然有员工的女儿给自己写信？这让丹尼尔感到很意外。他饶有兴趣地拆开，发现这是一封用蓝色蜡笔写的信。他一边看一边轻轻念了出来。

亲爱的谷歌：

你可以在我爸爸上班的时候，给他放一天假吗？例如，让他在周三多休息一天。因为我的爸爸每周只能在周六休息一天。

凯蒂

附笔：7月2日那天是周三，是我爸爸的生日。

再附笔：现在已经进入夏天，天气有多热，你应该懂得。

看完信丹尼尔不禁莞尔一笑。他在心里说：这样可爱的孩子，我怎么忍心拒绝她的请求？他干脆坐下来，认真回复了信件。之后，他又将回信托布鲁克转交给凯蒂。

女儿给自己的上司写了什么？上司又给她回复了什么？对于这些，布鲁克一无所知，因为他一直以来都很尊重孩子的隐私。他能做的，只是将回信交到凯蒂手里。

那天晚上，凯蒂看到信件后兴奋地趴在妈妈的耳边说："我送给爸爸的礼物到了！"

信里，丹尼尔这样回复她：

亲爱的凯蒂，谢谢你细心周到的字条和请求。你的爸爸一直在勤奋地工作着，为谷歌和全球数百万人设计出了许多漂亮又可爱的产品。我们考虑到你的爸爸要过生日了，同时也了解到在夏天多休几个周三的重要性，所以我们决定给予你爸爸7月第一周一整个星期的假期。你们尽情享受吧！

没错，凯蒂要送给爸爸的礼物就是一个假期，但她和妈妈约定，先对爸爸保密。

时间一天天过去。7月1日这天早晨,布鲁克吃完早餐后同往常一样拿起公文包走出门。就在这时,他的手机电话铃响了。电话里传来了丹尼尔的声音:“是布鲁克吗?我在这里正式通知你:从现在起,公司允准你休假一周。祝愿你明天生日快乐,也祝愿你的女儿凯蒂永远都那么可爱!”

直到这时布鲁克才明白,凯蒂给自己上司写的信其实是一张特殊的假条,而上司准假的理由也很简单:童心难拒。布鲁克心中顿时涌起一股暖流。他回过头,看见妻子和女儿正冲着自己笑。布鲁克快步走过去将她们紧紧拥入怀中,然后大喊:“这是我收到过的最美好的生日礼物!”

我们在感动于父亲和孩子的爱的时候,是否也想到那位上司的通情达理。我在想,人与人之间的交往如果都如这般清澈,该有多好。

以莲的方式心生欢喜

王举芳

玉雪窃玲珑，纷披绿映红；生生无限意，只在苦心中。

——吴师道

87 岁那年，杨绛先生经历丧女之痛没多久，相依相伴的丈夫又离她而去，只剩下她孑然一身。她从至亲离去的打击中挺了过来，落笔为暖，写下《我们仨》的温情篇章。先生在那所简陋的房子里闭门不出，一边埋头写作，一边整理丈夫的手稿和书信，将尘世搁置身外，远离喧嚣和浮躁的纷扰。

她在《一百岁感言》："我今年一百岁，已经走到了人生的边缘……一个人经过不同程度的锻炼，就获得不同程度的修养、不同程度的效益。好比香料，捣得愈碎，磨得愈细，香得愈浓烈。我们曾如此渴望命运的波澜，到最后才发现：人生最曼妙的风景，竟是内心的淡定与从容……世界是自己的，与他人毫无关系。"先生淡看人世繁华，一颗素心似清泉，清澈透亮，超然淡泊，宁静丰盈，活出自己如莲的风骨。

和朋友去看望一位"隐士"，他的家在一座山下，稀疏的篱笆，简单的瓦房，朴素的陈设。他正在田间给玉米除草，我们也去帮忙，没干多久，我们就汗流浃背了。他看看我们，笑着说："走，去院子里歇歇。"

他是留洋博士，生活富庶安逸，回国后自己来到这山脚下，过起了简单的田园生活。

我问他："您在这里不觉得清苦吗？"他笑笑："我在这里生活觉得很富有。

累了，捉几声鸟鸣入耳，品几首古词在心；渴了，摘一轮太阳熬汤，取一枚月亮煮酒；如果无聊了，风是最好的琴，一弹便是无限风流；如果醉了，随便一哈气，就是红肥绿瘦的诗句……”

“您不孤单吗？”我又问。

“与山水做伴，自然为伍，融入其中，自己也会成为一处有意义的风景，何谈孤单呢？”他的目光深邃，满脸洋溢着幸福。

身在尘世间，如果将心泊红尘外，生命就会少了羁绊和牵累，多了悠闲和从容。

听说住在一楼的李奶奶是位寡居的老人，70多岁，没有任何亲人。那一天跑步回来，见她在楼下的花园里散步，银白的头发梳得光滑精致，枣红色的上衣，褐色的裤子，脚上一双红色软底的绣花鞋，整个人看上去神采奕奕。

坐在花坛边与她闲聊，我说：“一个人独居很冷清的吧？”她笑笑说：“一个人独居，如果任由时光颓废憔悴，那是折磨自己的身心，你说是不是？”她的笑容平淡而温和。

她家的窗台上有五彩缤纷的太阳花、洁白的栀子花、碧绿的一叶兰，也有葱茏的细香葱、油绿的油菜、青绿或火红的辣椒。她说她喜欢种植生活，让自己的日子色味俱香。她说她大部分的时间都喜欢用来写字作画，闲暇之余则燃起一炉香，诵读经书。她说：“心富有，灵魂就不穷，那么再单薄的日子，也是丰厚的。”

有时候经过她家，会听到悠扬的钢琴声。她多像迟子建的小说《晚安玫瑰》中的房东吉莲娜啊，爱自己，爱身边的人。明媚、天真，不经意间，让自己的世界花香四溢。

逛中药房，看到一味药的名字“独活”。疯狂地喜欢上了这两个字。在百度查找“独活”，发现原来是一径细叶的小草。“一径直上，得风不摇曳，无风偏自摆。”

独活，任风雨侵袭，任流年似水，仍然保持内心的安宁和清醒，多少年过去，依旧风骨犹存。独活，只这两个字，写在哪里都铿锵作响，惊人魂魄。

做一株独活，纵然孤单，也活得有尊严和风骨；纵然平淡，心以莲的姿势，遗世独立，翠衣翩翩，寂静，却如此高贵。

予独爱莲之出淤泥而不染，濯清涟而不妖，中通外直……愿做一朵莲花，在岁月的沉浮里悄然绽放。

一扇窗中的世界

玉玲珑

世界上最宽阔的东西是海洋，比海洋更宽阔的是天空，比天空更宽阔的是人的胸怀。

——雨果

写文久坐，两眼昏花，踱步窗前望向窗外。此时正是黄昏，晚霞给树林镀上一层金色，归鸟在树枝上你一句我一句的唱情歌，路上行人匆匆，树林下的家院，一位年轻的母亲领着年幼的孩子，脸上洋溢着幸福。

折回身走向客厅，再回头看窗，已是一幅夕照树林图。高楼的玻璃墙反射着太阳的光辉，明亮且温柔。窗子把窗外的世界框成一幅画，有了局限，也有了余味。

我喜欢上了这奇妙的窗中画。

清晨，亮丽的阳光透过玻璃唤醒我。我睁开睡意朦胧的眼睛扑进阳光的怀抱，带着满心欢喜。远处的草地被窗子剪成一片小草原，任凭我思绪的马儿在上面飞跃驰骋。微风中轻摇的绿树，只三枝两枝，就构成了一片浓荫。

多美的窗子啊！轻轻一推，便是清新宜人的新一天！

蜿蜒着长长的遐想，品味午后的窗中画。

窗中风缓缓地吹进来，那棵芙蓉树真美，细巧的叶随风曼舞，像仙子舞动轻柔的纱。窗台上的海棠花着一身罗红，不胜娇羞，似是遇到了最初的恋人般。寂静的楼道里传来脆响的足音，打破了四周的寂静，接着三三两两的脚步声响起。哦，那第一声脚步的脆响，原来是轻轻的暗号，虽在画外，却是灵动之笔，瞬间让窗中之画活泼起来。

记得乡下的老屋也有一扇大大的窗。窗前的阳光最多，我喜欢坐在窗子前画阳光。布满画纸的阳光那么亲切，就像父亲的肩膀、母亲的手，多年以后，是我的温暖之源。

窗前有棵香椿树，还有一棵石榴树。它们在窗的一角，枝影婆娑，娴静的女子般，于是窗中画便有了诗意情长之韵，总是让我生发出无限遐思。

一个落雨的下午，我匆匆望向窗，不经意的一眼，便被吸引。那幅画不大，因为窗子被窗帘遮住了一半。窗外的树林荫影成了黑色，窗台上的茉莉花疏影横斜，瘦瘦的清骨，随意洒脱。那盆千日红一朵初绽，红色的花瓣在雨中淋成淡淡的粉红。雨儿还嫌不够艺术，密密细细的雨点继续渲染，渲染出柔柔的意境。我像一个等待的妇人，满腹相思，超离尘俗地被搁在画的一角。

小小的窗，时时刻刻描绘出不可复制的画、不可复制的美。它不声不响，悄悄间就换了新画，谁都没来得及保存下那些绝笔之画。

那一天，我指着窗户，让别人看那些绝美的窗中画。别人说："小小一扇窗，有什么好看，不过一个小小的剪影而已，窗子外面的世界才是精彩的。"我终于缄默，再也不曾说起那些精妙的窗中画，只用我心灵的眼睛，去感受它的独特之美。

一扇窗中一个世界。

一扇窗是一幅流动的画，只要敞开心扉，处处是俯拾不完的美。

窗户是心灵的出口，也是世界的入口。透过窗户，世界缤纷的色彩倒映在心口，一扇窗户，就是一个世界。

把匆匆的日子写成书

风絮

心态若改变,态度跟着改变;态度改变,习惯跟着改变;习惯改变,性格跟着改变;性格改变,人生就跟着改变。

——马斯洛

接到同学的电话,说她搬家了,让我去"认门"。我欣然前往。

同学的新家选择了距离市区约5里路的地方,背靠青山,近邻秀水,环境优美。

新房参观完毕,她拿出一些书让我看,自己去厨房洗水果,招待我这个"贵客"。

无心看书,眼睛无意中看见了她家的日历。咦?上面有图画,而且是手绘的。我拿过来看,只见上面写着:"今天我的闺蜜芳要来,她是我搬新家后的第一位客人,这女子生性忧郁,不喜欢外面浮躁的世界,她喜欢素面朝天,写属于自己的文字,用句时髦的话说,就是'小清新'一族。去打扫卫生了,准备盛大迎接我的'第一'。"字的下面是速写的两个女孩拥抱的画。

"今天,我和同学闹矛盾了,因为一件很小的事。仔细想想,是我心里长草了,可要怎么办呢……忽然想起了在书上看到的一句话:要想除掉旷野里的杂草,方法只有一种,那就是在上面种庄稼。我知道该怎么处理了。"

"老爸不喜欢吃饭店的饭菜,但妈妈今天很累,不想做饭,就和老爸吵架了。邻居王阿姨来劝他们,王阿姨是一位老教师,她告诉妈妈一句林语堂先生的名言:爱一个人,从他的肚子起。后来妈妈去做饭了,老爸吃得很开心,他说因为饭碗里有爱。"

“今天妈妈生日，老爸不知道从哪里学来的厨艺，他把玫瑰花瓣摘掉洗净,加糖擀成糊状,包成糖三角的样子,并美其名曰:爱情糖三角,妈妈吃着玫瑰糖三角,脸上好幸福,好甜蜜……”

每一张日历的文字下面,均配有速写的图画。

她从厨房里端来一盆水果,我问她:“你家的日历从来不撕吗?”“嗯,我喜欢在上面写心得,画我的黑白画。你别小看这日历啊,说不定将来是可以变成一本书呢。喏,你看,我从上初中就开始写‘日历书’,已经有五本了。”她从一个抽屉里拿出来一摞日历。

我很佩服同学这样有心。如果每天如我一样过一天就撕掉一张日历,日渐变薄的日历带来的只有感叹和伤感,因为会有过一天少一天的感觉。

匆匆的日子,记录下点点滴滴的欢喜和感受,就像同学在日历上写下自己的人生感悟、心得体会,画下一幅有心的画,等到将来暮年的日子翻掀,那一本本小小的日历,组成的将是一部厚重的人生大书。

很多人觉得写东西是件很枯燥的事情,其实不然,写作是跟自己对话,那些好的或者不好的心情都可以展现在纸上。生活中应该有远方,更要有诗。

幸福的源泉

涂丽

真正的幸福，双目难见。真正的幸福存在于不可见事物之中。

——杨格

詹姆斯是美国哥伦比亚大学的哲学系博士，他毕业论文选取的课题是《人的幸福感取决于什么》。为了完成这一课题，他向市民随机派发出了一万份问卷。问卷中，有详细的个人资料登记，还有五个选项：A 非常幸福；B 幸福；C 一般；D 不幸福；E 很不幸福。最后，收回了 5200 百余张有效问卷，但是，只有 121 人认为自己非常幸福。

接下来，詹姆斯对这 121 人做了详细地分析。他发现，有 50 人，是这个城市的成功人士，他们的幸福感主要来源于事业的成功；而另外的 71 人，有的是普通的家庭主妇，有的是卖菜的农民，有的是公司里的小职员，甚至还有领取救济金的流浪汉，他们又为什么会拥有如此高的幸福感呢？通过与这些人的多次接触交流詹姆斯发现，这些人对物质没有过高的要求，他们平淡自守，安贫乐道，很能享受柴米油盐的寻常生活。

最后，詹姆斯得出了这样的论文总结："这个世界上有两种人最幸福：一种是淡泊宁静的平凡人；一种是功成名就的杰出者。如果你是平凡人，你可以通过减少欲望，修炼内心来获得幸福。如果你是杰出者，你可以通过进取拼搏，获得事业的成功，从而达到更高层次的幸福。"

他的导师在他的论文结尾批了一个大大的"优"！

十多年后，詹姆斯已经是哥伦比亚大学的哲学系教授。他的一位学生叫

爱德华，在写毕业论文时，选了一个与詹姆斯当年十分类似的题目——《幸福的源泉》。詹姆斯看到了，很感兴趣。他把当年那 121 人的联系方式又找了出来，让爱德华去调查。

几个月后，调查结果反馈回来了。当年那 71 名平凡者，除了两人去世以外，收回 69 份调查表。这些年来，这些人的生活发生了许多变化，他们有的已经跻身于成功人士的行列；有的一直过着平凡的日子；也有的人由于疾病和意外，生活十分拮据。但是他们的选项都没变，仍然觉得自己“非常幸福”。而那 50 名成功者却发生了巨大的变化。只有 9 人事业一帆风顺，仍然选择了“非常幸福”。有 16 人因为事业受挫，或破产或降职，选择了“痛苦”和“非常痛苦”。

最后，爱德华得出了这样的结论：“所有靠物质支撑的幸福，都不会持久，都会随着物质的离去而离去。只有心灵的淡泊宁静，继而产生的愉悦，才是幸福的真正源泉。”

看着爱德华得出的结论，詹姆斯沉思了许久。最后，他郑重地用红笔在文末批了一个大大的“优”字！

很多人过于批判物质的意义，其实有物质没什么不好。关键在于你心里是不是真的感觉幸福，如果你因为物质觉得特别幸福，也没什么错！你只需要知道，你心里是否真的幸福就好了。

因为无知，所以有力

刘诚龙

冒险是历史富有生命力的元素，无论是对个人还是社会。

——威谦·博利多

小时候，读过一首诗，是唐代诗人卢纶写的：“林暗草惊风，将军夜引弓，平明寻白羽，没在石棱中。”这首诗写的是汉代名将李广的事。那时，他任职右北平郡太守，这地方常有老虎出没，为除虎患，他常常上山打老虎。“李广出猎，见草中石”，夜风劲吹，乱草摆拂，李广以为草丛里藏着一只猛虎，一箭射去，“中石没镞”，次日一早起来看，其箭所中者，并非老虎，而是一块坚硬如铁的石头，何止入木三分？入石三寸而不止。

李广的猛力出人意料，也出己意料。李广问自己：“我有那么大的力量吗？”他再次站在原地，重放箭镞，箭却触石而落，“因复更射之，终不能复入石矣。”李广很费解：“我不晓得这是石头时候，我为何有那么大的力量？现在知道那是石头了，为何又乏力了呢？”

佛门有位罗什大师，在他七岁那年，在自家院子里玩。院子里摆着一件大铁钵。他好玩，双手抓起铁钵，一举举过头顶。站在旁边的人十分骇异，连连惊呼：“这铁钵有两三百斤重呢！”一个毛孩子，哪来那大力气？小罗什也惊住了：“这铁钵有这么重？那再看我的，我再举它几次。”罗什重复他刚才抓举的动作，却再也举不动了。

李广将军不知道草中物是石头而以为是老虎，力穿石头，那是因为感觉是遇上老虎，生死一瞬，产生强烈爆发力吧？因为知道那是石头了，没有了危险，身骨有劲，也攒不到一处来了；罗什大师不知道那铁钵轻与重，气力爆发，那是因为初生牛犊，无所畏惧，心力不曾分散；因为知道那铁钵已有千钧，再去举时，心已胆怯，失去了自信，自然也就举不起来了，佛教解释罗什大师的这种现象，属于“事事挂碍”——有了心事，就碍着干事了。

“线性规划之父”丹齐格，是美国科学院、美国工程院、美国人文与科学院三院院士。1939 年，他在加州大学伯克利分校读书，平时他爱睡懒觉，那天他又睡过了头，匆匆忙忙赶到教室里去。教授走了，同学走了，只看到黑板上有三个数学题目。这是教授布置的作业吧？丹齐格把题目都抄了下来，拿回家去做，做啊做啊，他做了几天，终于把这三个题目解出来了，交给教授去检查。

第二天，教授派人来喊他。他吓了一跳。教授严肃地问他：“丹齐格，这三个题目，你怎么做的？”丹齐格小心翼翼答道：“教授，您布置的前两个题目，还比较好做，后面那个难度太大啊。”教授脸色放晴了：“丹齐格，你知道吗？那是一个世界级难题，爱因斯坦都没解出的，你解出来了。”

这把丹齐格惊得不行。他若知道这是顶尖的数学难题，他哪会去做啊？智力不会输给这难题，心劲早输了。题都不敢问津，哪能解得出？

我想起我小时候的一件事。我娘打发我去舅舅家。舅舅离我家十多里路，中间隔着一条河、两座山。河水汤汤，山木森森。我娘叫我傍晚去，没走上一二里路，天黑了。走到河山之间，已是黑咕隆咚。我一直走一直走，没心没肺地走，走到舅舅家，已是月沉人睡。我舅舅吓了一跳：“你真勇敢，那里经常闹鬼的呢，你是如何走过来的？”

若知道那山里有着那样毛骨悚然的传说，我哪里还敢走夜路呢？此后，即使大白天去舅舅家，若一个人，我坚决不去。

因为我无知，所以我无畏；因为我已知，所以我胆怯。

我在一本书里，看到一位明史专家撂过一句狠话：“你若没有经过 10 年的明史科班研究，你就不要就明史放一句厥词。”

教授这话，肯定吓到了好多人。以前不曾读过明史，那谁敢弄明史题材？

读了多年明史,更不敢下笔了。而笔名为当年明月的石悦,却并非研究明史的专家,不是文学专业毕业,也并非历史科班出身,他一口气写了六卷本的《明朝那些事儿》,据说销售量已过千万册了。敢问那些皓首穷经的明史学家、专家、大家,谁有这么牛?最近几年崭露头角的张宏杰先生,也在弄明史,他最初与历史都不搭界的,大学就读的是东北财经大学,学的是投资经济管理,他写作《大明王朝的七张脸孔》那会,在东北葫芦岛那疙瘩做一名银行的客户经理,但他现在写历史,风头正劲。

不懂的,或许会输给懂者的知识,但懂者或许会输给不懂者的见识,你的见识也许可以去破知识的光环;缺学问的或许会输给学问家的功力,但学问家或许会输给浅学者的才力,你的才力也许会破了功力的迷局。

有很多年轻人总是很自卑。看到人家博学,他便认输了;看到人家老成,他便气馁了;看到人家名大,他便胆怯了;看到人家强大,他便缴械了。

其实,大可不必。

你羡慕别人的家学渊博,别人可能更羡慕你的懵懂勇气;你羡慕别人的世故老成,别人可能更羡慕你的天真未凿;你羡慕别人的全副武装,别人可能更羡慕你的赤手空拳呢。

别怕自己无知识,怕的是自己没勇气;别怕自己没功绩,怕的是自己没精神气。

无知者无畏,无畏就没有思想包袱。一个什么都不想的人,往往可以轻松上路,内心充满了力量,没有失败的概念,所以就成功了。所以,不要害怕自己一无所有,怕的是自己没有勇气。

青涩岁月里的那个黄昏

简宽

爱情只有当它是自由自在时，才会叶茂花繁。认为爱情是某种义务的思想只能置爱情于死地。只消一句话：你应当爱某个人，就足以使你对这个人恨之入骨。

——罗素

13岁那年，我便离开了父母，只身到离家七公里远的镇上读初中。

当时，学校的寄宿生活条件极差，尤其不便的就是用水问题，一两百号寄宿生，只有一个水龙头，而且每天只能放两次水，早晚各一次，一次一小时。为了解决每天清晨的排队之忧，我们每个人都备了一个水盆，傍晚打水，供第二天早起洗涮用。

那时，我们最怕的就是冬季了。冬天的日子，气候干燥，水源枯竭，学校的抽水机常是把井底的浑水都抽出来了，还不够用。于是，宿舍区里便常出现“抢水”事端，一些高年级的男生晚上总懒得打水，大清早才来抢水，而且特别横，一些女生，以及像我这般瘦弱、胆怯的男生，只能怯怯地站立一旁，望水兴叹。

元旦后的第三个星期五，一大早，那些高年级的“懒虫”，便将水池围了一圈，有的甚至还蹲到洗漱槽沿上洗漱，一副盛气凌人的模样。

突然，人群中传出了一阵争吵声，紧接着，一个红色的小脸盆从人堆内飞向了天，红脸盆在空中翻飞几下后，落叶似的飘落在了不远的草坪上。这时，一个披着长发、穿着红色风衣的女子，从人堆里挤了出来，一边抹着泪一边捡起脸盆，而后往教学楼旁的宿舍区跑去……

这一幕，恰巧被刚从宿舍的台阶下来，要去班级参加早自习的我撞见了。

“谢老师——”，我惊讶得不由失口叫了出来——她是我们的班主任，今年刚从师范学校毕业，这学期分配到我们学校，任教我们语文学科，因为我的作文写得还不错，她便让我担当语文科代表。她个子不高，托着一副眼镜，属于那种长相很清秀而又有点矜持的女性。但在我们面前，她总是特别温和、善良，班级的同学都喜欢她，尤其是她在黑板前侧着身抄写板书，粉笔不小心从手心滑落地板，在她俯身捡时，那柳条般的黑发便随即从她的两颊垂落下来，那一低头的美，恰是一朵水莲花不胜凉风的温柔，常让坐在前排的我感到有一种温暖的东西，在青春的心里涌动。

看着在淡淡晨光中消失的谢老师，我一股劲地冲上前去，气急败坏地对着人堆一阵大嚷喊，扬言要告状他们。那一刻，以往站在这些“懒虫”旁，怯生生地等待打水的那副懦弱样的我，似乎找到了发泄的时机，一股脑地将长期压抑在心内的不满和愤懑倾泻出，把他们吓得仓皇而逃。

那天上午的语文课，谢老师依然像往常一样，带着温和的笑走进教室。然而，即便她再努力掩饰清早时的伤心，也难以逃脱我的火眼金星——那被黑发半遮的眼眶，微微红肿，昔日光彩、清亮的眼神显得暗淡了许多。这一切，也只有坐在前排的我才能察觉到。我知道，早上的那件事，一定深深挫伤了她那颗清纯甜美的心，也让初为人师的她尊严扫地……

我呆呆地坐在位置上出神。清晨在空中旋转的那个红脸盆，以及慢慢消逝在晨光中的那个孤单的身影，重新在我的脑海中流转鲜活，望着讲台前嗓子略带沙哑的她，望着她眉宇间的那丝伤心的憔悴，一种未曾有过的心疼，从脚底渐渐地直往我的心头升腾。那一节课，我彻底分心了，满脑子都在想着，如何才能让她走出今天的忧伤。临近放学，我终于想出了一个妙法子来。我迫不及待地把它写在纸上——我真诚地邀请了她，希望下午放学后一起骑自行车到郊外去玩，心里只想：愿郊外的蓝天、草地与飞鸟，能带走她今天的悲伤与不快……写完后，我夹在了上午的作业簿里，一同交到了她的手里。

然而，下午放学后，我却在自行车旁犹豫不前了，伏在车架前的双手不由地冒出汗来，在此前，我从未与女同学打过交道，何况是老师！半天后，我还是带着忐忑和不安的心往校门口骑去——掏心窝，我真有点希望她没能看到那张字条！

终于到了校门口。正当我四下环顾时，路旁的树荫下传来了一个细细的声音："我在这着呢。"我抬眼一瞧，是她！夕阳下，她给了我一个微微的笑容。

暖暖的夕阳照在她的脸上，她的微笑融入了多彩的余晖中，让我充满清新、羞涩的紧张。我没想她真的会赴约，更没想她一改上午悲伤的神情！她的举动令我有些茫然无措。

"走吧——"，随着她的再次呼唤，我从僵硬的神情中回神过来，迎着美丽的夕阳，我大胆地回馈了她一个羞涩的笑。

头一次与自己的老师骑车玩，我的心底充盈着自豪与兴奋。我与她，一起穿过小巷，在凹凸不平的山路中，一路摇摆着。我不时地回头看一眼跟后的她，冬天山里清凉的风，不时将她的秀发高高飘在身后，她左摇右晃地踩着车子，风里不时地传来她"咯咯"的笑声，在我的身体里回旋着，驱散了彼此一日来淤积于心中的那片阴郁……

这时，我突然想起平日同学单手骑车的那种"酷毙"样，心中一股想让她更开心、快乐的感觉油然而生。于是，我慢慢加大了踩车的脚力，并高高地举起左手，向着身后的她不断地挥舞着，呼唤着……在两耳生风中，我只听到她传来的甜甜的声音——"慢点，慢点……"

夕阳下，我们尽情地踩着脚踏板，一前一后地在坑坑洼洼的泥路上摇晃前行。正当车子要绕过一个小拐弯时，前方突然冒出了一辆拖拉机，危急时刻，我赶忙一个急刹车，然而，由于惯性的作用，我连同车子一起翻飞到了路边的草地上。我的第一直觉是，告诉她，让她赶紧靠边！顶着疼痛，我迅速翻过身子，正当我要开口喊时，才发现她早已扔掉车子，正飞也似的奔向我这来……

我呆坐在草地上，只感觉浑身剧痛。她从口袋里掏出了手帕，轻轻帮我一下一下地擦去脸上的泥土和血水，那一刻，几乎是我最近距离地看着她——黄昏的柔光下，她的脸是那样的甜美和舒展，她的双眸是那样的清澈和明亮……突然，我猛地看到，她眼角慢慢有清亮清亮的液体溢出——她在流泪！我的内心霎时感到一阵的自责和难过，原本想驱散她心中那隐隐的情绪阴霾，没想却让她愈加的伤心。

然而，她却一边帮我擦着伤，一边笑着说道："没事，没事，我已经很快乐了……"

后来，我们一起坐在那流沙般温暖的黄昏里，我静静地听着她谈童年的生活，人生的梦想……直到太阳滑落边际，我们才慢悠悠地踩着暮色归来。

多年后，每每走过乡村小道，见到少年骑自行车从身旁风驰而过，便会想起那段往事、那位老师，心里总觉得很美，很美……时光在青春的步履中静静地流淌，年龄是一种距离，而年少是一种财富，在那青涩的岁月里，弥散于冬日夕阳下那份悠悠的师生情义，填满了我刚刚独自步入人生路途的记忆。

人间最美师生情，共赏繁花几度红。厚谊常存魂梦里，刻骨铭心伴终生。淡淡萦绕悄收藏，流连忘返心感动。念念不忘感恩师，师情回响人一生。

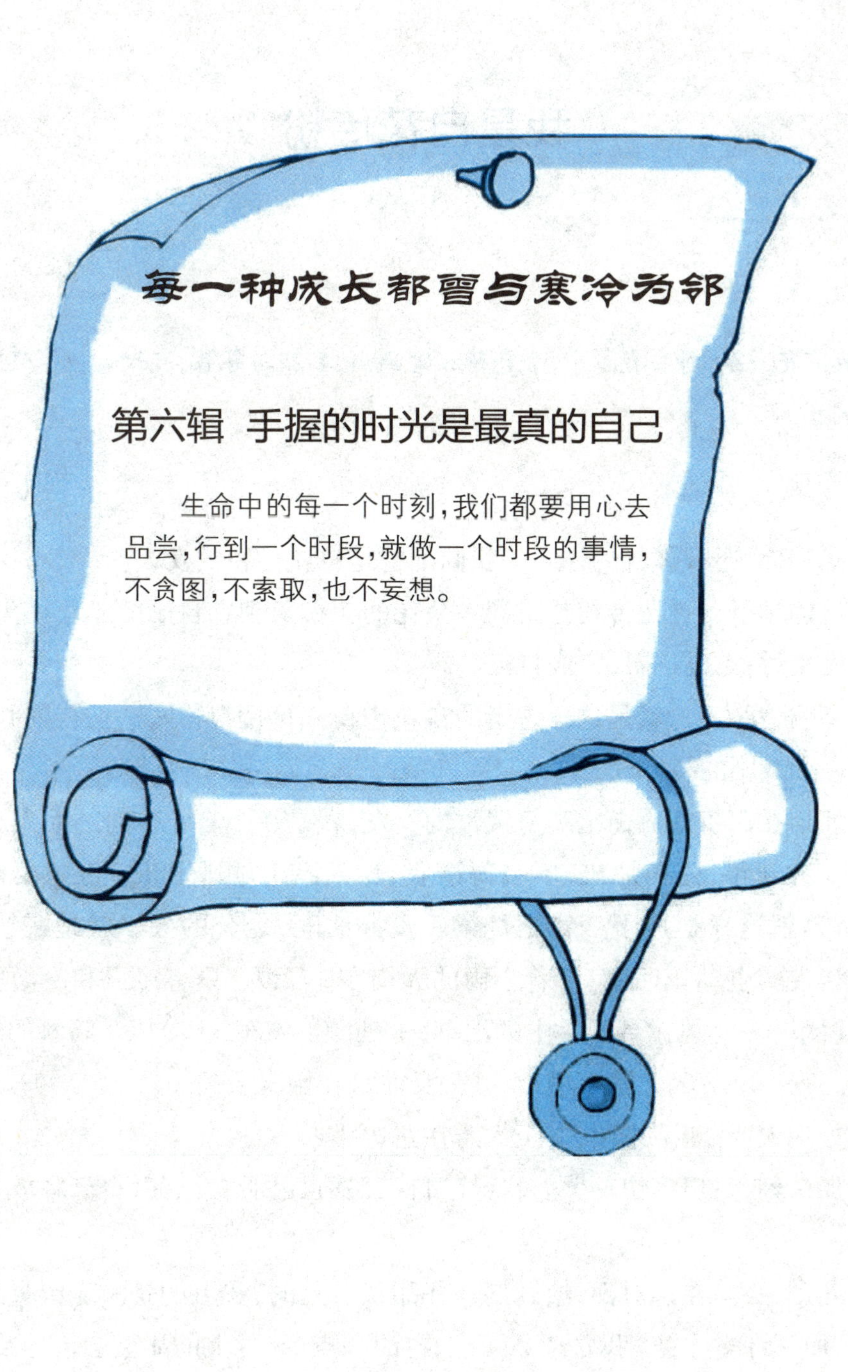

第六辑 手握的时光是最真的自己

生命中的每一个时刻，我们都要用心去品尝，行到一个时段，就做一个时段的事情，不贪图，不索取，也不妄想。

我是自花传粉

冬晴

我有花一朵，种在我心中，含苞待放意幽幽，朝朝与暮暮，我切切地等候有心的人来入梦。

——《女人花》

我和你，还有你，你，你……我们都曾是自花传粉的女人。

植物学里，自花传粉是指同一朵花的花粉落到它自己的雌蕊柱头上，由此完成交付，完成抚慰，完成自己。

是啊，女人心，就是这样古老的自花传粉。自持，自守，一切在内心完成，不寻一个戏剧的搭救。

那个在深夜的大街上蹲身哭泣的女友，就是一个自花传粉的女人。

临近新年，公司加班，不舍得请假，为人民币乖乖上班。没想要做女汉子，可是就这样挺成了一家之栋梁。没办法啊，老公的天赋就是赚钱慢。

深夜骑电动车回家，下着小雨的大街空旷无人，只有冷风和冷傲驰过身边的轿车。一阵风掀翻了手中的雨伞，于是慌忙停车，于冷风与暗淡的灯光中侍弄。唰——一辆私家车经过，溅一身泥水在她身上……

号啕大哭，蹲下来哭，一个人蹲在路边哭。

那一刻，只想痛快一哭。自己陪自己哭，自己听自己哭，自己释放自己的哀伤。

此刻，我坐在她对面，给她斟一杯甜茶。是的，我点的是一壶银耳莲子红枣茶，加了许多冰糖。我希望甜一点，再甜一点，味觉上的甜蜜会传导给精神，

会觉得生活也是甜蜜的。

她喝过一口甜茶,“扑哧”笑起来。她说:“我太伤心了,终于大吵,闹着要离婚,他不舍得离婚,他终于悔悟,跟我说:‘老婆,我以后再也不让你那么辛苦了,我要努力再努力赚钱,让你做小女人,再也不做大女人了……’”

一朵自花传粉的苦涩植物,终于在时间和痛苦里进化,成为一朵异花传粉的花儿。

可是,又怎么会忘记那些一个人忧伤的时光。一个人,硬撑着,痛苦着,无望着,处处灯光幽暗,处处冷风冷雨。全靠自己给自己引渡。那些自花传粉的忧伤啊!

“女人花,摇曳在红尘中。女人花,随风轻轻摆动。”另一位新识的女友,就是这样的一朵女人花,自己开放,自己散发芳香,自己沉吟,自己沉醉。她也是一朵自花传粉的女人花。

爱情缤纷开谢若干场。每一场,善始,总是难以善终。所以,40 岁了,还是一个人。一个人,追寻梦想,辗转 N 个城市,从热情灼灼的南方沿海城市,到冰雪童话的大东北,最后落脚雾霭笼罩的北京城。她的事业节节开花,相对来说,爱情的那一朵,就开得不够生机勃勃。

我见过一次她买花。她捧着一大抱鲜花,长发长裙,姿态婆娑地走来。阳光树影里的她,好像整个人也是一朵花,走一步,开一瓣,一路撒下袅袅暗香。

她走过我身旁,彼此微微一笑,算是招呼。我心里想:“今天是什么节日吗?那么多的玫瑰!浓情蜜意的玫瑰里还嵌着端庄圣洁的白百合。啊,真像她,又妖艳性感,又大气典雅。”

后来,听身边人说,那天是她的生日。

没有爱情的生日,她慷慨华丽地送自己一束鲜花。送自己玫瑰,也送自己百合。

爱情不来，我自盛开。

盛开成最饱满的状态。盛开得花枝招展。盛开，是自花传粉地盛开。但不自怜，不自惭，不自哀。

你没来，我也盛开。随时等待爱情的造访。等待温柔地进化，成为一个异花传粉的女人。等待他来，把爱情的花粉播撒在亭亭的柱头之上，润湿一颗渴望繁衍孕育的心。

每个女人都是一朵花，等待盛开，然后凋零，唯一可以记得住的便是年轻时候的容颜，和那短暂而壮丽的过程。每个女人都应该善待自己。

手握的时光是最真的自己

袁恒雷

快乐是追寻的目标，却没有人知道它的轨道。世界如此荒凉，只是无时不在改变。

——张嘉佳

时光是最厉害的蒙太奇，把你从记忆中的一处处场景放置到眼前的生活。无论情愿与否，你都得回来，都要明了，手握的时光是最真的自己。

内心常游离于孤独与执着、彷徨与倔强。曾以为只要肯努力就可以获取想要的一切，曾以为错过的人与事就不可能重来，也曾以为未来是遥不可及的终点。直至走过一些路，遇到一些人，方了悟，那些曾以为，也只不过是曾以为。

身边飞过的进口跑车，望着它撒欢儿的背影，你仍会多看几眼；面前走过一位款款的时髦姑娘，你仍会放慢前行的脚步；善于烹饪的阿姨置办了几样美味佳肴，你的筷子仍会多伸几次。你不会游离于这个多姿的生活之外，即便知道，攒一辈子钱也不会买下那辆跑车、追上那样的姑娘，可你依然会让自己努力成为山间的清泉，叮咚作响，而不会颓萎于困顿，让泉水混浊。就如你不会放弃自己的兴趣爱好——文字是镶嵌在纸页间的音符，而音符是流淌在生命里的血液。这样的滋养是常伴一生的，甘之如饴，不离不弃，让生命变得愈加丰盈。

时常会想远离城市，去山野间放逐身心——大多数人都愿意这样的回归。与星月对话，与露珠对话，与草木对话，与牛羊对话。天上的明月是乡村的眼睛，草间的虫声是夜里的天籁。此时，在一处庭院坐下，把往事倒入杯中，又将明天化作仰天一望。看看你的亲友，你的乡邻，昨天的叔叔成了爷爷，昨天的妹妹成了孩子的母亲。而头上的星月似乎依然是20年前的脸庞，它们才真的叫长生不老。

在和家人通电话的时刻，你会明了自己的生命不单单属于自己，他们每一天都想知道你是否安好；在望着城市霓虹闪烁的时候，虽喜欢于她的繁华，却会情不自禁地萌生疏离感，城市不定的体温让你犹疑；在看到大千世界里一出出或悲或喜的事件呈现时，你又会满足于自己的小生活，再一次觉得手握的时光才是最真的自己。

这些是生活教会你的，也是你理解了的生活。你会发现，生命里最美好的东西是你最愿意记住的。你会愿意再做那个会让你温馨回忆的梦，那梦里有你看到过的秀美山水，有你最依恋的家乡，看那青山吻着碧水，渔船在湖面慢慢游弋。你会偶尔梦起小学或中学的校舍、课堂，你爱的姑娘，放过的牛鹅，那些曾经想赶快过去的时光。那些泛黄的青春纸页，写满了你记忆的笑与泪，那些书写着祝福与吵架的岁月，与历经千年的古诗一样不朽。

所以，生活的百味仍要一次次去尝。也正因为如此，我们才会有“过雨看松色，随山到水源”的惬意，才能够去体会“风枝惊暗鹊，露草泣寒虫”的凄然；会有“独鸟下东南，广陵何处在”的怅惘，亦会有“欣欣此生意，自尔为佳节”的欢悦，会自勉“吾谋适不用，勿谓知音稀。”又会想将来有一日过“沧江好烟月，门系钓鱼船”的日子。

这都是你生命里或长或短跳出的想法，也都是你和生活间互赠的礼物。

生命中的每一个时刻，我们都要用心去品尝，行到一个时段，就做一个时段的事情，不贪图，不索取，也不妄想。

弱者也是强者

张燕君

内心如果平静,外在就不会有风波。

——谚语

澳大利亚的动物学家戴维森一直研究猴子的生活习性。一次,他来到亚马孙河流域,将两只猴子带了回去,分别关进两个笼子里,每天精心喂养,并随时观察它们。

一年后,一只猴子健健康康的,另一只却不幸死掉了。戴维森百思不得其解。因为死掉的那只猴子又大又壮,而活着的这只却瘦小羸弱。

为了知道这是为什么,戴维森又让人从亚马孙河流域带来一只更大更健壮的猴子。这只猴子却死得更快,仅半年工夫就撒手人寰,倒是那只小猴子依然健在。

难道说这是偶然吗?戴维森又进行过两次类似的试验,强壮的大猴子依然在一年内死去。

戴维森坐不住了,再次来到亚马孙河流域,这次他索性住在了猴子非常多的巴西。经过半年多的观察研究,他终于弄清楚了被关进笼子的大猴子必死的原因。

原来,凡是体大健壮的猴子容易被其他猴子接受,它也乐于和其他猴子在一起。一旦有空,它就在猴群中来往穿梭,同时还能得到其他猴子供奉的食物。这样的猴子最怕被孤立,一朝失去自由,被关进笼子也就往往活不过一年。那些瘦小的猴子则不然,没有同类愿意搭理它们,久受孤立,也就学会了独立,或者说适应了被孤立,被关在笼子里时丝毫也影响不了其生活质量,且吃的不愁,反而会健壮起来。

一个有趣的现象,或者说生命的悖论出现了:强者沦为生存的弱者,而弱者反倒成为生存的强者。我不禁想到发生在二战时期的一个故事。在德国东部布痕瓦尔德纳粹的集中营,看守人员创造了一种独特的死刑执行方式。

在集中营附近有一座埃特斯山,山间有一道深不见底的峡谷,峡谷上拉起了一条钢索。在死囚将行刑时,看守就押着他们来到峡谷前,对他们说,谁能赤手空拳爬过钢索,谁就能获得自由。

按说比起挨枪子儿或刀子来,爬钢索还有一定的生存希望。但是,一名男死刑犯爬着爬着便坠入了深渊,两名,三名……十名……三十名,无一例外。这也是看守人员敢玩这种“死亡游戏”的原因所在,因为这根钢索足有2公里长,这些囚犯已被钢索折磨得够呛了。

然而,到底出现了一个奇迹。

一天,纳粹看守又押来了一个死囚,这位犯人爬过约三分之一时,两位行刑人员就开始喝酒聊天起来。只因为爬钢索的是一位叫艾米丽的女子。他们想:“连男性犯人都没人能爬过去,就别说这位瘦小羸弱的女子了。”

两位看守喝着酒,其中一个谨慎者也免不了不时拿眼看一下随着钢索上下抖动的女子。女子约爬过一大半了,“谨慎者”对同伴说:“奇迹会不会发生在这个女子身上?”同伴连连摇手说:“不会的,我们只管喝酒聊天。”

“谨慎者”到底害怕女子成功爬到对岸,他们会受到上司的处罚,喝得醉眼蒙眬的他于是向女子开了枪。此时峡谷中的雾越来越大,连女子的影儿也看不到了。艾米丽终于成为第一位逃过死亡魔掌的人。

有人说艾米丽能创造奇迹是因为母爱:家中有一个3岁和一个2岁的孩子。其实,那些在“死亡游戏”中坠入谷底的男性,也有孩子盼望着他们回家。而父爱和母爱同样是爱的两座高山,没有谁比谁逊色。

最后研究人员认定，艾米丽能爬过钢索，是由于她内心的宁静。男性囚犯开始时并不将钢索放在眼里，再加上求生心切，一到钢索上便拼尽全力爬动，终于力所不支，不得不绝望地松开求生的手。艾米丽则缓缓爬动，一开始就能做到爬一会儿，再伏到钢索上闭上眼睛歇息一会儿，或看一看峡谷中缓缓飘动的雾气。因为属于弱者的她根本没有逞强的资本。

“鸣鹘直上一千尺，天静无风声更干。”静是一架无形的天梯，它能让你站立于境界的高端。因为没有包袱，“羸弱者”反倒能让灵魂变得轻盈，内心获得宁静。“心轻者上天堂。”内心宁静者也就能避开地狱，到达生命奇迹的彼岸。

孤独是本领，平和也是。最后能走向成功的，往往是那些不显山不露水的人。所以，孤独是成长的必修课。

大吉葫芦与天地之美

凉月满天

生活不是缺少美，而是缺少发现美的眼睛。

——罗丹

今年的第一场雪随风而至，天气冷得出奇。我的面前是一片滹沱河的大沙滩，无边无际，生长在上面的草叶草果上都凌霜挂雪。一湾细水，不知道从哪里流出来，曲曲折折深入沙滩腹地，汇成一个小湖的样子，冒着摇曳的热气，倒映着草色烟光，美得出奇。

乱跑，大叫，气喘吁吁立定，环视左右，很开心。上面是天，下面是地，中间是一个渺小而快乐的自己。主要是天地太大了，雪景又太美，没有那么多的规则钳制，利禄纷争之心自己就会退避。

大约有一年、两年或者三年没有真正玩过雪，甚至没有关注过雪什么时候飘落，又什么时候消失。也是，大白菜越来越贵，工资的涨幅却总是很低。取暖费是要交的，柴米油盐是要买的。孩子上什么样的辅导班好呢？唱歌？跳舞？或者干脆学写字，看她的字像横斜下落的不讲理的雨，不像秀才妈带出来的闺女。书粮告罄，该买两本了；同事生了孩子，需要随份子……脑子里装的事情越多，脸上的笑容就越少，更遑论高呼乱喊，忘情乱跑，即使别人不笑，人到中年，自己也觉得不好意思。

如今的恣意忘情，想来是因为天地之大美。

不愿参加同学聚会或者同事宴请，因为所到之处无不像一汪白茫茫的大水，而人像一只只葫芦，在水里沉浮，忙忙碌碌。既是忙碌，必有目的；既有目的，必有悲喜。“弯弯月儿照九州，几家欢乐几家愁。”少有人眉宇间带出从容不迫的静气。你与我，我与他，他与你，兜兜转转，转不完的圈子，动不完的心眼，应酬不完的人和事。眼睛里闪着神秘莫测的光，胸中是别人猜不透的哀乐悲喜。

去故宫，对玻璃匣子里的大吉葫芦赞叹至极。一个小小的葫芦，上面怎么精雕细镂了那么多繁复的花纹，这就是所说的巧夺天工吧。还有那么多的簪、钗、炉瓶三事，各个精细至极。可是有什么用呢？如苏州园林、湘绣花饰，方寸间有一种不为人知的落寞的精致。

有时感觉人也像一个有着繁复美好花纹的容器，比如故宫里那只大吉葫芦，或者一根绝美至极的盘肠簪，用一生的时间雕刻自己，越刻越精致。大多数人，包括我，都是走精致的路子，或者一心向往精致。于是像一根好木，细雕细镂，比而又比，截而又截，到最后虽然玲珑细巧，却脆弱无比。所以现代人生病的多，身体和心理都有点不堪一击。背负的东西多了，手里的刻刀下得太狠，到最后无法回头的时候，想后悔都来不及。

其实，真正的大美不是繁复的花纹、精细的雕镂、奇绝的设计，也许就是这样蓝汪汪混沌一片的天和地，静默地站在这里。还有纷纷扬扬的白雪。就像鲍尔吉说的：“人之手下无论多么巧妙的制品，刺绣也罢，园林也罢，总是极尽复杂，然而观者一目了然。自然展示的是单纯，好像啥也没有，浑然而已，给人以欣赏不尽和欲进一步了解却又无奈的境界。”让人看了，想了，想说些什么，却想不起该说些什么来。一霎时心里很空，很远，欲泣。

六朝是一个退避的时代。多少人退出万众瞩目的舞台，退进自己的心里；退出繁华的锦帐和名贵的乳豚，退进青蔬糙米、竹榻木床的世界；退出你进我退、你生我死的激烈争斗，退进如鸟一样啄露而歌，依枝而栖的安然的无忧与欢喜。一步步退下去，一步步挣出来，远离繁华的人间喜剧，靠近沉默而无言的天地大美。所以有许多人忘情，醺然而醉，箕踞而歌，抱琴而弹，雪夜访戴。

也许，无论生活在哪一个时代，无论占据什么样的地位，无论心里有多少欲求还未得到满足，无论多么普通微细，也是需要偶尔忘情的。这种忘情就好比对世情偶尔的背叛和淡忘，有一种小青年骑脚踏车，偶尔双手撒把，在人群中轻快地招摇而过的欢喜。

天地是仁慈的。它不言而喻，对每一个生灵都有悲悯和启示，只是被我漫不经心地忽略了。回顾30多年的经历，我也许本来可以让自己活得更简单美好一些，可是却无法把一切推倒重来。我蹲下来，抱住身子。当一切都真正意识到却无法回头的时候，心里的惊痛让人无法站立。

我们每一天都在面对各种诱惑，能否经得起诱惑不是最重要的，最重要的是，能否看清生活的本质，能否有一颗清净的欣赏美的心。

悦己者王

许冬林

仍然坚持一些看似可笑的自我。

——李若曦

有一位资深美女，极爱打扮。她的个性签名是：我打扮首先是悦己，至于是否悦了他人，并不在意。如果悦了你，也不过是件捎带脚的事……

我说她是风媒花，古老悠久，生命强大又珍稀。无意于招蜂引蝶，一样花开浩瀚；一样把自己的美丽呈现给春天；一样代代繁殖，把芬芳播撒到高山大谷、平原田畴。

悦人者众，悦己者王。

从前，女人总是处于下风口，没有存在感，于是低眉悦人。士为知己者死，女为悦己者容。梳妆打扮，是为了让他看着高兴。悦他人，从他那里谋衣、谋食、谋薄薄而善变的爱。

悦了几千年，只是人群里的一个普通的女人，只是万众之一。

这一回，不了。

这一回，做自己的女王。

从悦己开始，做自己的女王。

梳妆打扮，抹胭脂，擦口红，我高兴。我是让自己高兴，我宠自己。

不高兴了，今天上街，素颜短发，好像雕塑里的刘胡兰。

如果你看到了这粉艳艳的容颜，恰好心下喜悦，只能说，你很幸运，恰巧碰上。

是啊，悦己，要的就是这腔调。就这样酷，突出“我”元素！

穿衣，是衣不惊己誓不休。

一回出门，我穿了一套麻质汉服。上衣纯白，腰间手绘一枝红梅；下裙麻黄色，层层叠叠，好像是用装红薯的麻袋缝的。

我穿了这样的一套衣裙横扫长街，迷惑了许多人。有人驻足侧目，以为我不同常人，把古装剧里的戏服偷来穿上，穿越回汉朝，找自己上辈子的情人；有人报以惊艳，目光追随我身后，直到我消失在他们的视野。还有人，只把我当成一个笑话。

无所谓。我自己是开心的就好。用华衣悦己，无须他人懂得。

也有用才华悦己的人。一辈子，只做一件事，废寝忘食，甚至耽误姻缘也不觉遗憾。

有位画家，下放在西藏。同去的人，陆陆续续回了城，只有他还在那里。他给骨灰盒画画，在那上面画松柏，仙鹤……即使在最卑微的事上，他依然不放弃自己，让自己始终在画着。

正在画着的他，内心是饱满的。

他不臣服于命运。在神圣的艺术面前，他头颅高贵，他是自己的王。

悦己，还是按照自己喜欢的方式活着。

我认识的一个姑娘，人长得娇娇怯怯，娴静少言，不想竟一个人背包去了西藏。更没想到的是，她单枪匹马游历了西藏的名胜古迹，感受了那里的风土人情之后，竟然留在了西藏。

她进了西藏的一所小学，在那里教藏族孩子汉语。她一年回来一趟，皮肤开始发红，开始粗糙。妈妈见了心疼不已，问她：“一个人在西藏，辛苦吗？孤独吗？”

“有点辛苦，有点孤单。”

“那回来啊！”

“可是，也有快乐！”

那里有全世界最白的云，最白的雪，有全世界最蓝的湖水，最蓝的天空。那里还有最需要她的孩子，最爱她的学生……

在西藏，在最高最远的西藏，她觉得每天都活得充实，觉得自己是可以散发光和热的人，觉得自己是可以传递力量的人。

她按照自己喜欢的方式，决定人生航船的方向，即便有苦涩，有艰辛，但是看自己是生机勃勃的，是花开灿烂的。

是啊，穿过浩瀚人海，听过褒贬声音。有一天，偶一低眉，想起珍贵的两个字：悦己。懂得悦己了，你就是生活的王。

每个人都有属于自己的人生，所以才有了不同的活法。这有什么呢，自己高兴就好，幸福就好。

磨好自己的那把剑

顾晓蕊

困难与折磨对于人来说，是一把打向坯料的锤，打掉的应是脆弱的铁屑，锻成的将是锋利的钢刀。

——契诃夫

那时年少，正是港台武侠小说风靡校园的时代，他读得入了迷。小说中男儿义薄云天的豪气，激荡着少年的心扉。他幻想着有那么一天，成为衣袂翩飞的侠客，腰间仗剑，策马走天涯。

梦想总归是梦想，现实中让他“路见不平，拔刀相助”的机会，却始终没有遇到。沮丧之余，他跟几位同学结成小团伙，经常聚在一起惹是生非。用石头砸人家窗户玻璃，为了所谓的哥们儿义气打群架，把布满红叉的试卷塞进树洞……

他的成绩急转直下，父母的叹息，老师的劝说，都像风一样从他的耳边飘过。少年的心，犹如脱缰的野马任意驰骋，将所有的叮咛抛在脑后，一路绝尘而去。

那年高考成绩出来，他考得一塌糊涂，虽然是在预想之中，心里还是觉得有些酸涩。

他只得心灰意冷地闲在家，隔了两个月，父亲有些看不下去了，便说：“你这么年轻，应该找点事情做，不能总闲着。”他思来想去，决定跟父母借点钱，先从小本生意做起。

为了避免碰到熟人，他选择到一家影剧院门前卖夜饭。他每天拉着一辆平板车,上面搁着做饭用的物什,自己动手包馄饨来卖。从下午五点一直忙到次日凌晨,他累得两腿软颤颤的,收入却十分微薄。

有一天傍晚,他在影院门口摆摊时,突然下起雨。雨丝细密,他撑起一把伞,静静地守候在风雨中。当天没卖出几碗馄饨,他反而冻得生病了。回想起这一年多来,吃了那么多的苦,还领受尽人间的白眼,伤心和委屈一起涌上心头,他的眼泪忍不住落下来。

“只有经历痛苦,才能真正地成长。”父亲走到他面前,语重心长地说,“苦难是人生的磨刀石,你是想做一块普通的废铁,还是愿意磨出一柄好剑,这全看你怎么选择了。”

他记忆中唯一值得骄傲的事情是上学时曾在全县中学作文竞赛中获一等奖。于是,他决心重新拾起笔来,去圆儿时的文学梦。写好的稿件一篇篇地投出,接下来是望眼欲穿的等待,在他快要失去信心的时候,收到了杂志社寄来的样刊。

他激动地捧在手上看了又看,就像一个在黑暗中前行的人,被一簇微弱的火苗点燃心中那盏希望的灯。

后来,他换过很多种工作,玻璃厂干过装卸,冰棒厂包过冰棒,澡堂里传过毛巾,报社担任过编辑。虽然遍尝尘世冷暖,他却从没忘记父亲的教诲,平时抽空多读书,不停地写稿投稿。随着作品相继发表,他声名渐起,收到许多读者热情的来信。

他用这些年积攒下的钱,又跟朋友借了一部分资金,开了一家便民超市。他恪守诚信,待人真诚热情,赢得顾客的信任。随着生意日渐兴隆,他陆续开了九家连锁店。他就是以励志文见长的作家方益松。有人称呼他“方董”,他自嘲道:“历经磨难,方懂人生。”

又是一个寂静的夜晚,回想起年轻时的狂妄不羁,以及曾经给别人留下的伤害,他心中充满了深深的自责。他陷入深思,人生的价值不在于“得”多少,而在于“舍”多少,有舍有得的人生,才是好的人生啊!

他是一位“微博控”，拥有众多“粉丝”，正好利用这个平台做些公益。他和几位朋友一起，骑车到各个旅游景区拍照采写，然后发到微博上。

这些图片引起很多人的跟帖，博友们对如画般的景致赞叹不已，也对一些游客的陋习给予吐槽。不久后，有多家旅游单位向他发出邀请，他成为一名旅游政务微博志愿者。他说，每个人在享受山水之乐的同时，要对自然的馈赠心怀温情和敬意。

当提及对未来的设想时，他的回答有些出人意料。他说打算在45岁之前退休，陪着父母到各地旅游。问其原因，他感叹道：“父母在，要远游，趁他们还能走动的时候，带他们多出去走走转转。”

如今的他无论走到哪里，都会带着纸和笔，记录生活中那些细小而温馨的片断。在他的身上，已没了年少轻狂的锋芒，平添了一份持重淡定。他说，要以笔为剑，信步走天涯。脚步不能到达的地方，总有一天，文字可以到达。

叛逆、苦难、挫折在生命中不可或缺，重要的是当我们历经磨难之后是否能够成长，是否能拥有一颗成熟稳重的心。

精神地图上的陈兵布阵

戎装云

伟大的事业是根源于坚韧不断地工作,已全副精神去从事,不避艰苦。

——罗素

带着对"最辽阔的原始和自由"的深深憧憬,年轻的你从北京来到了内蒙,来到了风景如画又异常残酷的额仑草原。从此,你当上了掌管几百头羊的羊倌,却相中了真正象征着"原始和自由"之伟力的草原狼,并痴迷得一发而不可收。

那一天,你又去深山里放牧,一匹马,一群羊,一个人。

一只在草坑里埋伏了长达三个小时的母狼把握住时机猛然间蹿出,悄无声息地掠走了你的一只小羊羔。来不及施展营救行动的你,在心里牢牢记住了狼的逃亡方向——黑石山。

母狼叼着羊回去了,去喂养它窝中七只可爱的小狼崽;你也赶着羊回去了,与同住蒙古包的同学商讨掏狼崽的大计。不是为了泄恨,更不是为了好玩,你养小狼的目的只有一个:更近距离地走进草原游牧民族"狼图腾"的精神领地之中心,从而"重新认识游牧民族对中华文明的救命性的贡献"。

经验全无,成功率低,更有重重危险。但你还是去了,与你的铁杆同伴杨克还有两条爱犬——二郎和黄黄一起去的。凌晨过三点,星月皆无光,只为摸清夜战回窝喂狼崽的母狼行踪,你和伙伴就潜伏在一个小山头上听狼嗥凄厉到天亮。你真的没有忘记你的蒙族阿爸对你的教诲:"天下的机会只会给有耐性的人和兽,只有耐性的行家才能瞄准机会。"

猎性十足的二郎与终于现身的母狼到洼地的一片旱苇丛中PK去了，但这并不能保证眼前这个百年老洞之中没有大狼的存在。“不入狼穴，焉得狼崽。”于是你把心一横，让杨克用两丈长的蒙袍腰带拴住自己的双脚把整个人顺下洞去。打开手电，两肘拄地，匍匐前行，再前行，终因一个狭小结实的卡口而未能到达最深处。然而你已是一个勇气可嘉的汉人，为了获取第一手材料你不惧艰险，像乘舟夜临石钟山绝壁之下的苏轼，更像一头不达目的绝不罢手的战斗之狼。

其实，第一次与狼群遭遇，只是一人一马的你就用马镫对砸发出来的金属撞击声击退了强敌，把白狼王率领的草原军团吓得缩脖奔逃如一阵黄风。狭路相逢亮剑者胜，“狼来了”并不可怕，自己身上的羊性太重才是真正的可悲，无论是一个人还是一个民族。很显然，你断乎是不在可悲者之列的。

几经周折，你如愿以偿地用帆布包把小狼崽弄回了家，并择一只强壮的小公狼喂养。你是那样地上心，那样地执着，即使面临层层压力也不放弃，即使被狼抓狼咬也不抛弃，即使是自己挑灯夜读必用的羊油也在所不惜。

你爱狼，其实是爱自己心中的事业；你敬狼，像你的蒙古阿爸毕利格老人一样敬畏着狼，敬畏着这腾格里(天)派往人间的“飞狼”的非凡生存能力和作战智慧。

你还会与牧民们一起圈狼、夹狼、防狼和战狼，并分享着草原狼带给草原人的种种好处。你曾经乘坐毡舟一路飞驰在冰冻的雪湖之上，你哪里是在钓狼群“赠送”的黄羊，你分明是在钓“最辽阔的原始和自由”；你在猎场盛宴上与蒙族兄弟们一起大块吃肉仰天暴饮，这哪里是在接受劳动改造，这分明是如鱼得水。你在最恰当的时间来到最恰当的地点，从此开启了一段神奇难忘的人生历程。

又轮到你下夜了。有杀狼犬二郎在外面守着羊群，你在包内潜心攻读。为了不妨碍两个同伴的睡眠，你把矮桌放在包门的旁边，用竖起的厚书遮挡着灯光。灯光暗淡，你的心里却分外亮堂，看书做笔记，自学大学课程，吞咽古今经典书籍尤其是与狼有关的书籍。这是在知识的战场上一种无声地血性打围，你和时常在包外不远处向天嗥叫的狼一样迸发着全身的生命活力。劳动、学习和精神探索三不误，你是真正意义上的知识青年！

智取黄羊群，趁风追战马，设计入石圈，绝招捕旱獭，断腿为保命，晃腿诱马驹……你看到了并亲手绘制和铺开了一幅关于狼的“勇敢、强悍、智慧、狡猾、凶残、贪婪、狂妄、野心、雄心、耐性、机敏、警觉、体力、耐力”的不朽画卷。“不息、不淫、不移、不屈。”你也深刻地意识到“没有狼图腾的形象、性格和精神的参与，中华龙就不能成其为龙，而只能是中华虫。”

你是一个历史感伤者，亲眼目睹并经历了最后一段游牧文明之史诗不可避免地终结；你又是一个时代贡献者，一本《狼图腾》中永久闪烁的强悍进取、昂扬不屈的精神光柱必将照耀国人更加迅猛而稳健地实现中华民族的复兴伟业。

正如你的名字——陈阵，陈兵布阵，以永远不坠的意志和斗志做图腾。

知识来源于生活，成功来源于实践。睁开善于发现的眼睛，把握用于实践的双手，完成属于自己人生的图腾。

够炫够亮，达贝妮的“三色人生”

午言

累累的创伤，就是生命给你的最好的东西，因为在每个创伤上都标示着前进的一步。

——罗曼·罗兰

她是众人眼中集智慧、美丽、财富于一身的“80后”创业精灵。翻阅她的履历，“上海旅游形象大使”“淘宝女王”“时尚女王”“网站CEO”……当然也不乏“话题女王”的负面称呼。对此，达贝妮淡定地说：“每一个称呼，都代表着我人生的一种颜色。这些颜色综合到一起，才是一个完整的达贝妮。”

忧郁蓝：阿里巴巴最具影响力人物

1981年，达贝妮出生在上海。她三岁时，父母离异，母亲远嫁日本。上学后，她早早学会合理规划安排自己的生活，学习从不让父亲操心，多次获得全国物理、数学大赛前三名，芭蕾舞跳得出类拔萃，11岁获得英国国际芭蕾舞比赛第二名。只是，母爱的缺失给了达贝妮孤独、忧郁的蓝色调。

2000年，达贝妮高中毕业，以优异的成绩考入上海交通大学。在同学眼中，她是一个不合群的人，她也萌生了买房子住到校外的想法。很快，她就在学校附近选了一套小户型的房子，并用母亲从日本汇来的四年学费付了首

付。一番辛苦装修后，为了检验自己的成果，她将房子的照片上传到了二手房交易网站。当有人开出一倍的价格购买，她果断地把房子卖了。短短三个月，达贝妮就赚了十几万元。

大二时，凭着对时尚媒体的偏好，达贝妮组建团队做起了消费娱乐DM杂志，开始了人生中的第一次创业。杂志介绍在上海吃喝玩乐的信息，目标人群是都市白领。达贝妮开始到处奔走游说商家，与许多消费场所谈判。很多商家看到这样一个柔柔弱弱的小姑娘，大都不买账。但达贝妮毫不气馁，底气十足地说："我们可以帮你们在本市发行量近两万册的DM杂志上免费投放广告，并向读者推销会员卡，待你们收到效益后再返点给杂志，这对你们而言是一桩不赔本的买卖，何乐而不为呢？"会员卡消费这种新颖的营销方式让商家有了兴趣。初战告捷，百元的会员卡销售了数万张，商家的返利不菲，达贝妮的创业初见成效。

达贝妮一脚踩进了"财富之门"。自始至终，达贝妮都是在求学过程中进行着自己的事业，大学毕业后，她继续攻读了法学硕士学位、互联网博士学位。

2001年，她与长她12岁的男友恋爱。因为深爱男友，每次发生争吵都是达贝妮先妥协，可是，这仍无济于事。三年后，他们以对簿公堂的形式宣告分手。感情生活的沮丧，让达贝妮更加坚定地投身事业。2005年，她在淘宝网上注册"香港米兰店"。为了平复那段千疮百孔的感情，她一方面卖掉闲置品，另一方面写些缓解情绪的心情文字，无意间催化出了新的"化学反应"。

达贝妮精心装扮着小店，将店铺分为“奢华”“米兰”“时尚”“高贵”“超低价”以及“诱惑”等风格。她会为一款太阳镜配上这样的文字:“我想，每个女生都会喜欢戴上一副太阳眼镜:你便不需要眼部化妆，就可以轻松自信地面对镜头,可以和太阳轻吻,坐在街角的咖啡馆喝杯咖啡，惬意地看看路过的一切风景，你便有了一份藏在背后的美丽……”文艺范儿的前卫形象使得她的店铺点击率直线上升，她的生活中投进来更多的阳光色彩。

慢慢地,达贝妮将“香港米兰店”融入大量国际时尚元素,她还为店铺拍摄了时尚大片,一度成为众多“粉丝”穿衣搭配的出行指南。短短时间,她的小店就在上万家网店中脱颖而出,点击高达400万次,创下淘宝网上的纪录,达贝妮因此当选阿里巴巴“2005年最具影响力十大人物”。

纷扰黑:网络上的“话题女王”

网店的成功运营让达贝妮声名鹊起。记不起从哪天开始,“富二代”“二奶”“作秀”“失信”等带着贬辱的词汇纷纷向她砸来。达贝妮进入了黑色地带。

大家好奇的是,一个年轻美丽的女孩凭什么坐拥如此巨大的财富?有人在网上发帖说:“据我们的跟踪调查,前一段时间有一个男人经常帮达贝妮付钱买名牌包、衣服等,她很可能是被一台湾黑帮富豪包养的二奶!现在那个男人可能跑路了,她就要把这些名牌物件脱手转成现钱。”

达贝妮哭笑不得，她不明白为何自己辛辛苦苦经营来的财富，却被冠以如此恶名。不久，还未缓过神的达贝妮又陷入了店铺“诚信危机”中。店内物品牌子“SECREAT LOVE”官方定位是美国洛杉矶的品牌，价格昂贵。有买家质疑，这个珠宝牌子根本不存在，有可能标签是达贝妮自己制作的，价格是她自己定的。这使一向视诚信为商业之本的达贝妮遭受到了极大打击。“网店里出售的商品无论昂贵、便宜，都是我自己一分一毫购买积累起来的……”起初，达贝妮会作出强力解释，但种种解释在舆论面前显得软弱无力。

一波未平，一波又起。有人翻出了达贝妮曾经的爱情故事做文章。有人质疑说：“看了你一段又一段感人的爱情故事，再看看你链接在每段故事后高价拍卖的‘宝贝’，让我十分惊诧，那些不现实到极点的爱情，和那些现实到极点的品牌，上下衔接得竟然如此地巧妙自然!”有人更直接地说：“你不会是与淘宝网合伙炒作，意在打造超越芙蓉姐姐的网络新形象吧！”她在网上拍卖东西时，留的是自己的手机号码，引来很多心怀鬼胎的男网友每天夜晚的电话骚扰。达贝妮干脆在网上公然写道：“我是同性恋，对男人没有兴趣!”

达贝妮渐渐有了“话题女王”的称号。一位采访过她的外籍记者曾这样说：“在中国，一旦年轻女人成功了，随之而来的不是赞誉，而是排山倒海的非议和猜忌。”

“有些事多说无益，不作为便是最好的作为。”失眠、痛苦过后，达贝妮渐渐成熟起来，她学会了淡然，用沉默对待喧嚣，“我相信时间会证明一切。如果你内心是纯明澄澈的，那就保持自己的纯明澄澈，别管别人怎么说怎么看。”

闪耀红:哈佛论坛上的时尚 CEO

2005 年年底，互联网视频网站一起步就发展迅猛。当人们都一窝蜂地挤上这座独木桥时,创业意识敏锐的达贝妮通过查阅资料研究,发现视频网站同质化现象比较严重,即使做了也很难有所突破。经过一番比较后,“视频搜索引擎”的概念在她的脑海中萌发。但在搜索引擎的专业性面前,达贝妮是个不折不扣的“门外汉”。“怎样才能在短时间内做起来一个网站呢?”“怎样才能以最快的速度打进互联网这个圈子呢?”“怎样组建团队?”达贝妮不停地思量着。

一天,她看到北京将要举办一个互联网大会的消息,便跑到北京参加了这个大会,把所有参会 CEO 的名片收集起来,回去一一查阅了解他们的详细资料,最终将目标锁定在一些互联网创业者身上。达贝妮开始逐个打电话,请求拜访。作为女性在谈合作的时候,她没有一点儿优势。唯一让达贝妮欣慰的是,当敲开门时,因为是女性,出于礼貌,人家不好意思立刻关门。达贝妮抓住时间,只讲重点。她的不卑不亢为自己抓住了机会,一番拜访下来,她不仅学到了做网站的经验,还积累了很多客户资源。

接下来,达贝妮开始招兵买马组建团队。她每时每刻都被激情的烈焰燃烧着,生活因为亢奋而红光闪耀。经过一年多的筹备,2007 年 3 月,达贝妮的视频搜索网站上线公测,每天浏览量超过 70 万人次。有了点击量,达贝妮便开始发展广告创收。互联网上的广告除了做产品之外,还有很大一块是网站之间做广告。这时候，达贝妮想到了一个人——优客李林组合的歌手李骥，听朋友说他也在上海创办了一个网站。

一通电话之后，两人见面了。李骥大吃一惊："怎么来一个大美女？"出于礼貌，李骥并没有表示出对达贝妮的怀疑，但随后达贝妮的员工前去签合同时还是碰了壁。达贝妮并没有气馁，反而提出要免费给李骥做广告。一个月后，广告效应让李骥的网站流量大幅提高，李骥也为之前对达贝妮的怀疑深表歉意，表明了投放广告的意向。凭着这股倔强劲，视频网站发展迅速。

鲜花和掌声开始包围着达贝妮，而她坚定地跟着自己的心走。2009年，她突然有了结婚生子的念头，便毅然抛下蒸蒸日上的事业，回归家庭，相夫教子。

2013年9月，达贝妮又杀回时尚界。这次她的身份是一家女性时尚用品网站CEO。此次归来，达贝妮带来的不仅有国际时尚理念，还有来自全球各地的精美华服、珠宝首饰。大家恍然，原来这几年，达贝妮的生活并不只是相夫教子的单调色，而是被梦想浸染的赤红色。因为她心中一直萦绕着一个使命——创下一份事业，将艺术、时尚、科技完美结合。这期间，她一方面游历欧美，对全球时尚大牌做到了如指掌，另一方面又与法国时尚教主玛丽亚·路易莎形成战略合作，在女性时尚用品领域渗透、互补。经过近一年的运营，网站已经拥有200多个国际品牌授权。

2014 年 5 月，达贝妮受邀出席在哈佛大学举办的论坛活动，并发表了精彩地演讲："在这个世界，我就是一根梁顶在那儿，一个桩打下去，然后慢慢把事情做好。我们每个人的快乐不同，人生自然也不同。我虽然很累，也有可能一无所有，但我很快乐。我只做让自己感到快乐和有价值的事情。可是如果你羡慕我，照搬了我的人生，也未必会感到快乐。因为我是我，你是你。"

我是我，你是你，不同的人生，不同的色彩。每种色彩都有它的魅力，唯有多彩，才能拼出瑰丽人生。

打开心灵宝库的钥匙

李红都

艺术给我们插上翅膀，把我们带到很远很远的地方。

——契诃夫

一直觉得音乐和文学，是打开心灵宝库的两把钥匙，其中，音乐应该排在第一位。因为音乐之美，无法言传，那是一种能渗透我们心灵深处，令人荡气回肠，并会影响我们一生的美……

很幸运，我出生在一个音乐气氛浓厚的家庭。在我最早的记忆里，便是母亲哼着歌曲伴我入眠的景象。

当了一辈子小学音乐老师的母亲，喜欢唱红歌。小时候，家里那台老式半导体收音机经常锁定在播放红歌的频道，每当红歌响起，母亲就抱着我，轻声地跟着哼唱起来，“美丽的草原我的家，风吹绿草遍地花。彩蝶纷飞百鸟唱，一弯碧水映晚霞……”“今天是你的生日，我的祖国，清晨我放飞一群白鸽，为你衔来一枚橄榄叶……”童年时依偎在母亲身边听红歌的情景，就像一帧帧清晰的老照片，时不时地浮现在我的脑海。

记得当时，母亲最喜欢唱的有两首：《南泥湾》和《我的祖国》，悠扬动听的女中音，带给我的不仅仅是音乐的美妙，更有一种充满阳光的艺术氛围和积极向上的精神力量，像一粒粒太阳花的种子，播撒在我心灵的土壤上。

“……往年的南泥湾，处处是荒山，没呀人烟，如今的南泥湾，与往前不一般，再不是旧模样，是陕北的好江南……”“一条大河，波浪宽，风吹稻花香两岸，我家就在岸上住，听惯了艄公的号子，看惯了船上的白帆……”可以说，我最初受到的爱国主义教育，都是来自母亲常唱的那些悠扬动听的红歌。

受母亲影响，我和两位哥哥也非常喜欢唱歌，大哥当年就是凭着娴熟的手风琴独奏和歌唱的特长，敲开了部队文工团的大门，当上了一名文艺兵。而我在小学时期，一直是班里的音乐委员。

“军港的夜啊，静悄悄，海浪把战舰轻轻地摇，年轻的水兵，来到了海上，睡梦中露出幸福的微笑……”我至今仍能忆起当年跟着父母去部队观看“欢迎新兵文艺汇演”时，大哥身穿军装和战友们精神抖擞、放声歌唱的情景，觉得这样的生活真是幸福。

后来，一场意外事故，让我耳边的音乐戛然而止。痛苦和迷茫中，那些沉淀在心底的励志红歌又悄然涌上脑海——“没有吃，没有穿，自有敌人送上前，没有枪，没有炮，敌人给我们造……”“想一想红米饭和南瓜汤，吃什么都觉香又甜，想一想爬雪山过草地，没有闯不过的艰和险……”这些质朴却极富有感染力的红歌所体现出的那种“乐观向上、坚强不屈”的精神，让我觉得自己愁眉紧锁地抱怨不幸，是何等矫揉造作的事，红军战士为了保卫祖国吃了多少苦，甚至不惜献出生命，却仍然活得那么乐观，跟他们相比，我和耳疾做斗争的苦实在算不了什么。

这么一想，心胸也变得开阔起来，从而腾出时间去关注并深入学习音乐之外的领域。渐渐的，我学会了用文字去剖析生命的含义，理解幸福的真谛，并因此找到了打开心灵宝库的第二把钥匙——文学。

多年后，我凭着文学创作的特长，当上了企业的一名宣传员，开始用文字谱写职工爱岗敬业的歌，宣传职工的真诚善良以及他们热爱生活的美……而这一切艺术创作的源泉，都始于我成长中感受到的那种“红歌讴歌英雄模范、褒扬真善美”的正面力量。

岁月悠悠，多少往事如烟云散去，但我脑海里仍留存着很多耳熟能详的红色歌曲，每当我感到意志消沉的时候，总喜欢哼唱几句，继续在红歌那集“励志”和“醇美”于一身的艺术熏陶中，感受奋斗的可贵和生命的壮美。

时光荏苒，那些陪伴我们成长的人、事、物，永远挥之不去，那份美好始终镶嵌在心灵深处。